우리가 우리를 버리는 방식

우리가 우리를 버리는 방식

심 강 우 소설

문이당

작가의 말

소설은 집이 아닐까, 그런 생각을 한 적이 있다. 그렇다면 이제 집 세 채를 지은 셈이다. 내가 지은 집은 내가 살 집도 아니고 누군가가 살 집도 아니다. 그냥 누구라도 머물다 갈 수 있는 집이다. 이 집에 들른 어떤 이는 자신의 행적을 반추하느라 또 어떤 이는 돌올하게 떠오른 감각적 심상에 사로잡혀 꽤 오래 머물지도 모른다. 가끔은 심드렁한 표정으로 나갔다가 다시 찾을 수도 있을 터이다.

내가 지은 집이 가장 튼튼하고 아름답기를 원한 적이 있다. 얼마 지나지 않아 그게 과욕이라는 걸 알았다. 실망이 절망으로 치닫기 전에 희망으로 기어 변속을 했다. 이러구러 나는 여전히 소설이라는 집을 짓고 있다. '그래도'라 명명한 차를 타고 여기저기 쏘다니며 집터를 물색하고 있다.

그저 그런 집을 왜 굳이 지으려 드는가. 가끔 나는 스스로에게 묻는다. 그때마다 나는 먼 산을 보며 싱긋 웃고 만다. 지금도 마찬가지다. 산악인 조지 말로리는 에베레스트를 계속 오르는 이유가 뭐냐는 질문에 "산이 거기 있으니까"라고 답했다. 나 역시 그런 식으로 말할 수밖에 없겠다. 왜 소설을 짓느냐고? 이야깃거리가 거기 있으니까. 그렇지 않은가? 갖바치는 근사한 가죽을 보면 신발을 만들고 싶다. 요리사는 싱싱한 야채와 해산물을 보면 도마를 준비한다. 마찬가지로 나는 내가 생각한 맞춤한 글감이 있으면 소설이라는 집을 짓고 싶다.

이 집에서 그럴싸한 질문을 하나쯤 가지면 좋겠다. 구름과 파도에 대해, 바람의 여정에 대해, 길고양이와 인간들의 삶의 양태에 대해, 나아가 세상의 표피와 숨겨진 이면에 대해 자신만의 질문 하나 만들 수 있다면 더 바랄 나위 없겠다.

2024년 5월

심 강 우

차례

작가의 말

할렘의 시간 …… 11
우리가 우리를 버리는 방식 …… 47
나는 왜 목련꽃을 떠올렸을까 …… 85
검은 눈을 찌르다 …… 114
시점과 관점 …… 149

작품해설 : 그해 봄, 바이러스 …… 181

할렘의 시간

    윤서는 시계를 봤다. 아직은 여유가 있었다. 손가방을 열어 봉투를 확인했다. '축 결혼' 글자 크기가 고르지 않았다. 속에 든 액수도 신경 쓰였다. 하지만, 하고 윤서는 천천히 고개를 저었다. 사촌이라고는 하지만 교분을 맺은 지 2년이 채 안 된 사이에 이 정도면 뭐라더라…… 그래, 체면치레하는 덴 충분할 터였다. 사실 이십만 원이면 일주일 생활비를 상회하는 액수였다. 학원장은 학위는커녕 하이스쿨마저 드롭아웃(중퇴)한 그녀에게 학사 출신 강사의 절반도 안 되는 보수를 지급했다. 계단을 내려가는데 어디선가 귀에 익은 목소리가 건너왔다. '오우, 아닙니다. 그건 말이죠.' 단박에 제인이라는 걸 알았다. 오우, 아닙니다. 그 말은 그녀가 흥분할 때면 내뱉는, 아마도 제인이 가장 자신 있게 할 수 있는 한국어일 터였다. 제인은 인도에 바짝 붙은 소형승용차 앞에 서 있었다. 겉은 멀쩡했지만 10년도 더 된 중고차라고 했다. 방세가 싼 외곽지역에 원룸을 얻은 탓에 대중교통을 이용하기가 번거로워 구입했는데 고장이 너무 잦다며 제인은 아이 리그렛 잇(나는 후회해), 그 말도 모자라 댐!(제기랄), 그 말을 후렴처럼 되뇌곤 했다.

"그라이께 미칬다꼬 이유읎이 댁에 차를 들이받겠냐고?"

목에 타월을 두른 남자가 목장갑을 낀 손으로 오토바이의 핸들을 툭툭 치고 있었다. 의사소통에 문제없는 제인이라 할지라도 알아듣기 힘든 지독한 사투리였다. 곁에 서 있는 자그마한 체수의 여자가 남자의 소맷부리를 당겼다.

"기수 아버지, 어쨌거나 우리 오토바이가 가만히 서 있는 차를 박았잖아요. 게다가 당신…… 아무튼 우리한테 책임이…….."

"책임이라 캤나? 여편네가 지금 누구 역성을 들고 있노. 불법 정차한 거 안 보이나?"

윤서를 본 제인이 어깨를 으쓱해 보였다. 한 발짝 빼고 있던 윤서는 어쩔 수 없다는 듯 천천히 제인 쪽으로 걸음을 옮겼다. 건물에 면한 화단에 심어진 목련이 그런 윤서를 무심히 내려다보고 있었다. 윤서와 같이 생활영어 클래스 하나를 맡고 있는 제인은 얼마 전 F 비자를 신청해 둔 상태였다. 외국어 강습에 국한된 E2 비자로는 목돈을 벌기가 쉽지 않다는 게 이유였다. 제인의 랩톱 컴퓨터 모니터 화면에서 글로벌기업의 마케터 채용공고를 본 게 얼마 전이었다. 언젠가 커피숍에서 제인은 자신의 향후 계획에 대해 말한 적이 있었다. 그녀는 야심 차게도 무려 한 달간의 지중해 크루즈 여행을 계획하고 있었다. 그게 버킷리스트 5순위라고 했다. 그 위의 순위가, 아니 이미 달성한 리스트 목록이 궁금했지만, 윤서는 묻지 않았다. 알고 나면 심란해질 게 뻔했다. 고작 서른 나이에 10개의 리스트 중 절반을 소화했다는 사실만으로도 윤서는 충분히 주눅이 든 상태였다. 제인은 윤서보다 다섯 살이 많다. 또한, 그녀는 2년제이긴 해도 대학 명칭이 정확히 기재된 커뮤니티칼리지 출신이었다. 두루뭉술하게 뉴욕에서 하이스쿨을 다닌 원어민 출신으로 포장된 자신과는 처지가 달랐다. 세계 일주 중인 제인은 현지에서 경비를 마련하는 걸 모토로 삼았다. 누군가는 살기 위해 세상을 헤매고 누군가는 즐기기 위해 세상을 주유하지. 호세라면 그렇게 말하지 않았을까.

"나는 시동을 걸고 있었어. 그냥 저 바이크가 와서⋯⋯."

제인은 손으로 목을 긋는 시늉을 하며 저스트 브로크 잇, 일방적으로 부쉈다는 말만 되풀이했다. 흥분하면 모국어를 꺼내는 것도 그녀의 버릇이었다. 한국어에 서툴다 해도 남자가 내지르는 소리가 욕설이라는 걸 모를 리 없었다. 제인이 팔짱을 낀 채 또 한마디 내뱉었다. 스치듯 지나간 소리였지만 윤서는 알아들었다. 우리말로 형편없는 작자 같으니라고, 그쯤 되려나. 어쨌거나 딱하게 된 건 남자의 옆에 서 있는 여자였다. 남자와 마찬가지로 행색이 초라한 여자는 자꾸만 남자의 소매를 당기며 무슨 말인가를 하고 있었다. 윤서와 제인 쪽에서는 잘 들리지 않는 한껏 소리를 낮춘 말이었다.

"그기 뭐 어쨌다꼬. 수레 끄는 오토바이 아이가. 그기 우예 자동차하고 같노."

남자가 언성을 높였다. 윤서는 그제야 오토바이를 보았다. 사각형 수레가 오토바이의 꽁무니에 붙어 있었다. 폐지수거함으로 보이는 수레에 납작하게 접힌 종이상자가 가득 쌓여 있었다. 제인이 휴대폰의 숫자 키패드를 보이면서 "폴리스 폴리스" 하고 물었다. "잠깐만." 윤서는 제인에게 눈짓을 보낸 뒤 남자와 여자가 있는 곳으로 다가갔다. 술 냄새가 훅 끼쳐 왔다. 알 것 같았다. 제인이 남자친구와 통화하는 사이 윤서는 남자와 여자에게 지금의 상황을 간단히 설명했다. 윤서의 입에서 경찰, 음주운전, 벌금, 면허취소와 같은 말들이 쏟아져 나오자 여자의 낯빛이 변했다. 남자는 뚱한 표정으로 오토바이 바퀴를 차고 있었다. 윤서는 괜히 언짢아졌다.

"근데…… 백미러, 그리 비싼 건 아닌 듯한데…… 보상해 주면 될 텐데요?"

남자와 여자가 눈빛을 교환하며 주머니를 뒤졌다. 두 사람의 주머니에서 나온 건 만 원짜리 한 장과 천 원짜리 두 장, 그리고 동전 몇 개가 다였다. 여자가 초조한 기색으로 윤서를 쳐다봤다.

그때 휙 지나가는 바람에 여자의 머리칼이 불불이 일어났다. 은빛과 금빛, 둘 다 햇빛을 퉁기는 속성이 있지. 윤서는 여자의 은빛 머리에서 시선을 떼지 않고 물었다.

"아주머니는 왜 염색을 하지 않으셨어요?"

여자가 아연한 표정을 지었다. 남자가 헛기침을 했다.

"그, 그냥…… 염색한다고 뭐 달라질 것도 없고…… 그럴 돈도 없고."

"근데 아저씨는 했잖아요."

마치 따지는 듯한 눈빛으로 윤서는 남자를 쳐다봤다. 진한 흑색. 얼굴의 주름을 무색하게 만드는 빛깔이었다. 게다가 뭘 어떻게 했는지 가닥이 군데군데 뭉쳐 있었다. 엉성한 가발을 뒤집어 쓴 것만 같았다. 이 상황에서 무슨 질문이 그러냐는 듯 남자가 입술을 내민 채 눈을 끔벅거렸다. 어디 아프신 건 아니죠? 윤서는 하마터면 그 말을 내뱉을 뻔했다.

루시, 그녀가 나타난 건 해가 중천에 떠 있을 때였다. 한국이나 뉴욕이나 가을볕은 투명하고 따갑다. 볕에 노출된 사물들은 그늘에 묻힌 것들에 비해 아이덴티티가 유별난 느낌이다. 그날 본 루시도 그랬는데 루시의 경우, 그녀의 이미지를 고착시킨 건 단연 금발이었다. 다섯 평 남짓한 컨테이너 사무실에 걸쳐진 계단 맨 위에서 윤서는 여느 때처럼 일러스트 연습장에 4컷 만화를 그리고 있었다. 정문이 바로 보이는 곳이어서 마음 편하게 작업할 수 있었다. 짬이 날 때마다 윤서는 그림을 그렸다. 웹툰 작가가 되는 건 그녀의 오랜 꿈이었다. 여분의 4B연필 하나가 포켓북 『태고의 시간들』 위에 놓여 있었다. 그 소설책은 그녀의 분신과도 같았다. 윤서는 동작을 멈추고 계단을 오르는 여자를 보았다. 윤서의 눈에는 반짝이는 금발만 보였다. 도로 건너편의 50층 마천루가 던진 그늘이 무색하게 여자는 금빛 광채를 뿌리며 마치 전설 속에 나오는 편운片雲처럼 둥싯거리며 올라오고 있었다. 가까이서 본 금발은 어딘가 튤립을 연상케 하는 데가 있었다. 아래쪽은 한껏 볼륨을 살리고 위쪽으로 갈수록 자연스레 벙근. 이것도 아방가르드 패션인가. 윤서는 고개를 갸웃했다. 눈이 마주친 순간, 그제야 루시라는 걸 알았다. 지난번에 본 모습과는 판이했다. 루시는 건달프가 사무실에 돌아올 시간을 알고 왔다는 듯 턱으로 사무실을 가리켰다. 윤서는 떨떠름한 표정으로 고개를 끄덕였다. 전 같으면 크라이슬러로 갔을 것이다. 사고가 나기 전까지만 해도 그 세단은 건달프의 사무실이자 쉼터이고 간이주점이었다. 루시는 건달프하고만 거래했다. 컨테이너 안에는 윤서의 헌책방이 있었다. 전화나 모바일로 주문을 받았다. 안전문제 때문에 배달은 택배업체를 이용했다. 고물상 안에 헌책방을 열기로 한 건 윤서의 아이디어였다. 회계장부를 정리하고 나면 시간이 많이 남았다. 그렇다고 폐자재나 고철에 손댈 수는 없었다. 힘에 부치기도 했거니와 건달프가 허락하지 않았다. 그래서 시작한 게 고물상에 들어오는 포켓북들을 따로 모아 되파는 것이었다. 포켓북의 절대다수는 소설 장르였다. 윤서가 벌인 사업의 장점은 감가상각비가 발생하지 않는다는 점이었다. 쏟아져 들어오는 책들은 의외로 멀쩡한 경우가 많았는데 외형과 관계없이 죄다 무게를 달아서 값을 매겼다. 고객의 대부분은 백인들이었다. 손익분기점을 넘긴 헌책방에 비해 건달프가 꾸리는 고물상은 지지부진을 면치 못하고 있었다. 고양이 새끼들이 죽은 뒤부터 상황은 더 안 좋은 쪽으로 기울었다. 고양이 울음소리가 자꾸 들려. 건달프는 크라이슬러에서 나와 사무실 창가에 놓인 낡은 소파에서 시간을 보냈다. 못쓰게 된 가전제품 따위를 싣고 온 사람들은 계단 아래에서 건달프를 불렀다. 자질구레한 물건을 가져온 사람들은 소파 앞에 놓인 협탁을 사이에 두고 흥정을 했다. 루시의 뒷모습을 좇던 윤서의 눈길이 출입문 위쪽에 걸린 시계로 옮겨갔다. 상호가 적힌 간판과 나란히 걸린 해바라기 모양의 아날로그 시계. 시계는 정상적으로 작동 중이었다. 시계는 정확히 4분 30초 늦게 갔다. 시곗바늘을 조정해봤지만 그때뿐이었다. 마치 그 시간만큼 세상과 거리를 두겠다는 듯. 윤서는 이상하게도 시계의 그런 점이 마음에 들었다. 건달프가 서랍 속에 넣어둔 걸 가져와 걸었다. 윤서는 고흐를 좋아했다. 그의 해바라기 그림은 윤서가 특히나 애호하는 그림이었다. 시계의 뒷면에는 빛바랜 글씨가 있었는데 한글이었다. ᄋᆰᅵ ㅁ리. 무슨 단어인지 판독이 되지 않았다. 이상한 건 건달프의 반응이었다. 안다는 건지 모른다는 건지 으응, 그 말만 하곤 뒷말을 흐렸다. 스텐으로 된 명함 크기의 부착물엔 제조날짜가 새겨져 있었다. 윤서가 태어나기 이태 전이었다. 윤서 생각에 시계는 어떤 일의 조짐이랄까 방향성을 예시하는 능력이 있었다. 자의적 해석이라고 무시하던 호세는 심지어 조상 중에 샤먼이 있었던 게 아니냐고 놀리기까지 했다. 하지만 수차례 상황에 부합하는 시침을 목도한 뒤부터 시계는 윤서에게 예지몽 같은 것이 되었다. 윤서가 가장 꺼리는 숫자는 12였다. 그 숫자와 멀어지는 건 상황이 호전되는 걸 의미했다. 오전이 되었건 오후가 되었건 시침이 그 시각과 가까운 지점에 있을 때 발생한 일은 대개 경과가 좋지 않았다. 얼마 전 독거노인이 백여 권의 책을 지프에 싣고 와 거저나 다름없는 가격으로 넘기고 갔을 때의 시각은 6시 30분이었다. 시침은 정확히 12라는 숫자와 대척점에 있었다. 지금 시침은 11을 가리키고 있다. 윤서의 이맛살이 찌푸려졌다.

"타임리본(Time Reborn 시간 재탄생). 볼 때마다 느낀 거지만 고물상 이름이 아주 근사해. 게다가 고철과 헌책이 주인공이라니. 하긴 다를 것도 없지. 둘 다 시간의 자식들이야. 안 그래? 시간의 자식들."

루시의 말에 윤서는 하마터면 웃음을 보일 뻔했다. 젊은 시절

한때 브로드웨이에서 연극을 했다는 말이 빈말이 아닐지도 모르겠다는 생각이 들었다. 책들이 쌓인 실내와 각종 고물로 어지러운 마당을 번갈아 보던 루시는 밭은기침을 하더니 소파에 털썩 앉으며 물 한 잔을 부탁했다. 그래서 오늘은 또 뭘 훔쳐 왔는지 묻고 싶은 걸 꾹 참고 윤서는 탁자에 소리 나게 물잔을 놓았다.

"컨테이너 안에 헌책방이 있다는 걸 누가 알겠어?"

윤서의 기분은 아랑곳없이 루시의 표정은 한결같이 해낙낙했다. 반짝이는 머리와 핏기없는 얼굴은 여름과 겨울이 공존하듯 묘한 앙상블을 이루고 있었다. 후텁지근한 날씨에 팔목까지 오는 셔츠를 입고 그 위에 겨울용 카디건을 껴입은 점도 이채로웠다. "어, 왔어?" 짐차의 절반도 채우지 못한 고물을 도매상에 넘기고 온 건달프는 곧바로 커피를 내렸다. "건달프, 오늘은 좋아보이네?" 루시의 말에 건달프는 지폐를 세는 시늉을 하며 벌쭉 웃었다. 윤서는 루시의 눈을 보았다. 몽환적인 느낌이지만 가만 보면 어딘가 음습한 데가 있는 눈이었다. 그녀가 음담패설을 뇌까리던 모습이 떠올랐다. 브로드웨이는 개뿔, 사창가 출신일지도 몰라. 윤서는 입을 비쭉거렸다. 루시는 기침이 숙지막해지자 협탁 위에 놓인 종이갑을 열더니 내용물을 꺼내 놓았다. 윤서는 알고 있었다. 건달프는 이번에도 그것의 출처를 묻지 않고 값을 치를 터였다. 위험한 거래였다.

루시와 건달프가 내려간 계단을 누군가 투닥투닥 올라오고 있었다. 발걸음 소리만 들어도 누군지 알 수 있었다. 생각해 보니 일주일 만이었다.

"윤, 점심 먹었어? 건달프랑 함께 내려간 저 여자, 많이 본 얼굴인데?"

호세는 윤서를 간단히 윤으로 불렀다. 그건 좋았다. 호세는 한꺼번에 여러 개의 질문을 던져놓곤 이내 자신이 던진 질문이 뭐였는지조차 잊어버리는 사내였다. 질문을 받는 방식도 마찬가지, 받은 질문과 상관없는 답변을 주저리주저리 늘어놓았다. 푸에르토리코 남자들은 다 그렇게 덤벙거려? 윤서의 질문에 호세가 내놓은 답변은 푸에르토리코와 쿠바의 국기가 닮은 듯 다른 점에 관한 것이었다. 카리브해의 아름다운 산호에 대한 설명은 덤이었다. 다른 여자가 생겼나. 그런 속된 생각을 한 것도 사실이었다. 일주일 사이에 몰라보게 해쓱해진 얼굴에 윤서는 내심 놀랐지만, 내색은 하지 않았다. 이게 뭘까? 호세가 턱으로 가리켰다. 루시가 두고 간 종이갑이었다. 치운다는 걸 깜빡했다. 윤서가 미간을 찌푸렸다. 뚜껑을 열고 상자 속을 들여다보던 호세의 눈이 커졌다.

"뭐야 이거. 반달 모양도 있고 별 모양도 있고 어쭈, 풀잎 모양도 있네. 애들 장난감이야?"

호세가 들고 있는 건 닻 모양이었다. 원피스의 벨트에 부착된 장식용 고리들이었다. 처음이 아니었다. 이번엔 모두 다섯 개였다. 죄다 탈착식인 그것들은 도금이 아니라 온새미로 은이었다. 게다가 두 개는 작은 밤톨만 한 자수정이 박혀 있었다. 모조품이 아니라면 적어도 5백 달러는 상회할 터였다.

"모조품들이야 못 써 이런 것들은."

윤서는 짐짓 심드렁한 표정을 지으며 그것들을 서랍 속에 던져 넣곤 거칠게 닫았다.

"벨트고리 아니에요?"

루시가 꺼낸 종이갑을 보며 윤서는 다소 시비조로 물었을 것이다. 쇼핑트롤리에 담긴 알루미늄 용기는 위장물이었는지 꺼낼 생각도 하지 않았다.

"왜, 관심 있어? 살 거야?"

루시가 히죽 웃었다.

"전부 신품이군요. 여기 올 게 아니라 보석상이나 전당포에 가야 하는 거 아니에요?"

루시가 여전히 웃는 얼굴로 말했다.

"거긴 건달프가 없잖아."

윤서가 가볍게 한숨을 내쉬었다.

"근데…… 루시, 왜 하필이면 벨트고리예요?"

루시가 고리를 배 위에 갖다대곤 벨트를 매는 시늉을 했다.

"내가 배우 면접 보려고 갔을 때 말이지. 그때 캐스팅 배역이

화려한 원피스를 입어야 했거든? 근데 그걸 살 돈이 없는 거야. 그래서 커튼을 뜯어서 급히 만들었지. 내가 오디션에서 떨어진 건 그 허접한 원피스 때문이야."

윤서는 차갑게 쏘아보았다.

"그런 걸 확증편향이라 하는 거예요. 난 알아요. 그게 어디서 난 건지."

"어디서 난 건데?"

"그거, 3번가 애비뉴 호텔 옆에 있는 쇼핑몰에서 훔친 거잖아요."

루시가 킬킬 웃었다.

"이런 걸 팔아서 만든 돈으로 머리 꾸미는 데 써요? 차라리 이참에 원피스를 사 입는 게 좋지 않겠어요?"

작심하고 던진 말이었다. 루시가 웃음을 그치곤 두 손으로 머리를 매만지며 벨트 고리를 쳐다보았다.

"뭐, 그래도 좋겠지. 근데 말야, 이건 훔친 게 아냐. 그러니까…… 굳이 말하자면 저들에게 엄청난 부가가치를 실현할 기회를 주는 거지. 물론 저들은 그런 거래를 인정하지 않겠지만. 생각해 봐, 벨트 고리 몇 개와 사람 목숨을 바꾼다…… 남는 장사 아냐? 그리고 중요한 건 말이지……."

루시는 잠시 말을 멈추고 윤서의 눈을 뚫어져라 쳐다봤다. 윤서는 시선을 피하지 않았다.

"이것들도 한때는 저 마당에 있는 것들과 같은 모양으로 시간을 보내기도 했을 거라는 거지. 사실 고물 신세가 된 것들과 우리는 다를 게 없어. 내가 연극무대에서 퇴출되어 요 모양 요 꼴이지만 그때의 열정은 아직 간직하고 있잖아. 요컨대 정신은 살아 있다는 말이지. 고물들의 정신은 각자의 고유한 성분이야. 우리나 저들이나 언젠가는 처지가 바뀔 테지. 모양만 바뀐다는 거, 그러니까 질량 불변의 법칙. 우리가 어디로 가든 우리가 지녔던 것들은 온전해. 다만 나누어져서 존재할 뿐이야. 나비 더듬이로 고래 꼬리로 악당의 콧수염으로 어쩌면 나무의 옹이나 크낙새 깃털 한 조각으로. 그러다 또다시 흩어지고 섞이고……."

마치 대본을 읽듯 따르르 주워섬긴 루시는 내 말이 어디 틀린 데 있어, 하는 표정을 지었다. 입꼬리에 다시 웃음이 달려 있었다.

"다 아는 얘기를 그럴듯하게 치장하는 재주가 있군요. 하지만 문제는 대입 방식이 억지스럽다는 거예요. 상궤를 무시한 궤변에 불과해요. 그건."

윤서의 날 선 대답에 루시는 홍홍, 웃기만 했다.

건달프의 뒤를 따라 계단을 내려서던 루시는 뜬금없이 신의 존재를 믿느냐고 물었다. 윤서가 엉겁결에 고개를 끄덕이자 흐음, 하더니 손가락으로 자신의 가슴을 가리켰다.

"나 같은 인간이 있는 걸 보면 신도 완벽하지 않은 건 분명해. 난 신의 안티팬이야."

속내를 토로한 말 같기도 했다. 윤서는 대답하지 않았다. 윤서의 손에 들린 『태고의 시간들』을 본 루시가 어깨를 으쓱했다.

"맙소사, 이곳 이야기를 쓴 소설 아냐? 태곳적 물건들이 여기 다 있잖아."

"오늘은 냄새가 안 나지? 그만둔 지 며칠 됐거든. 근데, 윤! 언제 또 안을 수 있을까?"

호세가 윤서의 허벅지를 쓰다듬었다. 호세는 특수청소업체에서 일했다. 주로 사고현장을 수습하는 일이었다. 수습 대상은 대부분 쓰레기였지만 시신이라고 예외가 될 수 없었다. 호세의 몸에서는 늘 냄새가 났다. 콕 집어 말할 수 없는 야릇한 냄새였다. 강한 향료가 함유된 보디클렌저로 씻었는데도 그랬다. 호세는 성질이 고약한 냄새라는 말로도 부족했는지 날카로운 촉수를 숨긴 벌레 같다고 했다. 그럼 내 몸에서 나는 냄새는? 윤서의 물음에 당연히 착하고 순한 냄새지, 라고 했다. 고물상에 있는 것들은 하나같이 기가 죽었잖아. 그 말을 덧붙였다. 넌 문학적인 소양이 있어. 기초를 잘 잡으면 좋은 작가가 되겠어. 윤서는 그렇게 말했다. 그건 진심이었다. 언젠가 호세의 차에서 본 낙서장의 글들은 아닌 게 아니라 그냥 지나치기에는 아까울 정도로 에스프리가 넘쳤다.

"다시는 못 볼 사람 같은 말투군. 이봐, 하지 마. 여긴 근무지야."

윤서가 호세의 손을 밀쳤다. 호세가 풋, 하고 웃었다. 그러곤 턱으로 마당을 가리키며 저긴 근무 영역이 아니고? 했다. 사무실 입구에서 빤히 보이는 계근대 뒤쪽, 크고 작은 콤프레셔와 모터 코어 따위가 담긴 적재함 옆의 2016년산 크라이슬러XL. 얼마 전 거기에서 둘은 섹스를 했다. 윤서는 술을 마시다 발작처럼 일어난 충동을 어쩌지 못하고 호세의 손에 몸을 맡겼다. 외관이 멀쩡한 그 세단은 가까이서 보면 군데군데 구멍이 뚫려 있었다. 총알 자국이었다. 건달프가 방치한 뒤로 윤서는 가끔 거기서 책을 읽거나 음악을 들었다. 짐차에 적재되어 있던 스텐빔이 필요했던 도박업체 사장이 그것을 맡기고 갔다고 했다. 말이 사장이지 윤서가 보기에 건달 아니면 사기꾼이었다. 뻔했다. 모종의 사건에 연루된 차량일 터였다. 건달프는 아직 엔진은 멀쩡하다며 그것을 마당 한쪽에 세워 두었다. 무엇보다 분위기가 그럴싸했다. 반듯하게 누워 선루프를 열면 별빛을 볼 수 있었다. 섹스를 끝낸 호세도 흥분이 가시지 않은 얼굴로 이건 마피아 중간 보스가 타던 거라고 흰소리를 쳤다. 뒷자리에 소형냉장고가 장착될 정도면 생판 틀린 추측도 아니지 싶었다. 윤서가 뿌리치자 호세는 의외로 선선히 물러났다.

"농담이었어. 어차피 이제 거기가 서질 않아. 맘의 거기를 보는 게 아니었어."

"그게 무슨 말이야?"

윤서의 물음에 호세는 슬그머니 고개를 돌렸다. 윤서가 채근하자 시선을 딴 데로 돌린 채 입을 뗐다.

"배변을 받으면서 맘의 거기를 봤어. 음순이라고 하나? 뭐 아무튼 거기도 수명이 다 됐는지 밖으로 쏟아져 나올 듯이 처져 있더군. 그때부터 여자를 봐도 흥분이 안 돼. 나, 수도승이나 될까 봐."

호세의 눈길은 빛이 난반사되는 마당에 가 있었다.

"근데 저 고양이는 언제까지 저러고 있을 작정이야?"

호세는 뒷주머니에서 꺼낸 힙플라스크를 입으로 가져가며 말했다. 노란색 바탕에 검은 줄무늬가 있는 암고양이였다. 고양이는 언제나처럼 사고가 있었던 자리에 가만히 앉아 있었다. 고양이 주위로 쑥부쟁이가 피어 있었다.

"그러게. 근데 대낮부터 술이야?"

윤서의 핀잔에도 아랑곳없이 싸구려 위스키를 들이켜던 호세가 한순간 힙플라스크를 든 채 윤서를 빤히 건너보았다. 왜, 할 말 있어? 윤서가 눈으로 말했다.

"이제 생각났어. 아까 그 여자. 루시라고 했지? 얼마 전 128번가에 있는 리커스토어에서 고급 위스키를 훔치다가 주인한테 들켜 뺨따귀를 맞는 걸 봤어. 참 웃기는 게 뺨따귀를 때리다 말고 주인이 울더라고. 때리다가 손을 삐끗했나 봐. 루시, 그 여자는 히죽히죽 웃고 있고."

그 말을 하곤 호세는 남은 술을 홀짝 들이켰다.

건달프는 수더분히 낡아간 고물들을 편애했다. 그리고 그것들에게 마치 살아 있는 사람을 대하듯 말을 걸곤 했다. 쟤들은 잠시 쉬러 온 거야. 최종 목적지에 안착할 수 있도록 돕는 게 내 일이지. 윤서에게 그렇게 말한 적도 있었다. 루시를 배웅하고 온 건달프는 엊그제 들어온 보일러를 해체하기 시작했다.

"뻗대지 마 이놈아. 넌 그동안 충분히 뜨거웠어."

챙 넓은 모자를 쓰지 않아서일까. 왠지 추레해 보였다. 어깨까지 오는 장발에 덥수룩한 수염은 아닌 게 아니라 영락한 간달프였다. 간달프. 영화 〈반지의 제왕〉에 나오는 마법사의 이름이었다. 권달표의 체구는 간달프 못지않게 컸다. 권달표가 건달프가 된 건 타임리본의 단골 사뮤엘 때문이다. 사뮤엘은 건축자재업체의 창고지기였다. 일의 특성상 자질구레한 폐자재가 생기곤 했는데 그것을 판 돈으로 술을 마시거나 여자를 샀다. 호세처럼 피닉스계인 사뮤엘은 간달프의 열렬한 팬덤이었다. 첫날 권달표를 본 사뮤엘이 계근대에 올린 픽업에서 철근을 내리다 말고 외쳤다. "오우, 간달프가 할렘가에 재림하셨도다." 이후 고물상 사장의 한국 이름을 알게 된 사뮤엘이 권달표를 건달프로 부르기 시작했고 주변 사람들도 덩달아 Mr.Gun (미스터 총)을 버리고 건달프를 택했다. 사뮤엘은 물론 아버지를 아는 미국인 모두가 권을 건으로 발음했다. 모음 하나를 살짝 비튼 거에 불과했지만 유서 깊은 가문의 성씨가 흉기의 대명사인 총으로 전락했다. 그리고 거기서 한 단계 진화하여 마침내 건달프라는, 국적 불명의 이름으로 재탄생한 것이다. 다분히 의도된 닉네임이라는 걸 알면서도 권달표는 총보다는 낫지 않느냐며 반색했다. 한때 촉망받던 샐러리맨의 흔적은 더 이상 남아 있지 않았다. 아내가 죽고 난 뒤 치료비로 쓰고 남은 돈으로 차린 고물상이었다. 영업을 하면서 확보한 거래처가 음양으로 도움이 될 거라는 전혀 근거 없는 확신으로 시작한 일이었다. 착각했다는 걸 깨닫기까지는 그리 오래 걸리지 않았다. 건달프는 가끔 한국의 친구에게서 전화가 오면 응, 여기 뉴욕의 날씨는 괜찮아라든지 맨해튼 날씨야 늘 그렇지 뭐, 하며 자신이 뉴요커임을 강조했다. 다행히 아무도 구체적인 주소를 묻지 않았다. 그리고 대부분 할렘이 뉴욕 카운티의 한 구역이라는 것조차 모르고 있었다. 그러나 젠트리피케이션(낙후지역이 개발되면서 원주민이 밀려나는 현상)이 진행되면서 고물상 자리에도 머잖아 멀티플렉스가 들어설 터였다. 임대 기간이 채 일 년이 남지 않았다. 그게 마치 남의 일이라는 듯 건달프는 영화 트랜스포머의 오토봇 군단을 이끄는 리더 옵티머스 프라임처럼 굴었다. 고물상은 사라지지 않는다고 큰소리쳤다. "죽었나 했더니 아직 살아 있었네. 양키스의 똘마니." 뉴욕 매츠의 투수 제

이콥 디그롬의 신봉자인 건달프는 같은 지역을 연고로 하는 뉴욕 양키스의 팬이라면 대놓고 야유했다. 다분히 장난기 어린 어조였다. 그러나 이번엔 꽤나 감정적인 언사라고 윤서는 생각했다. 보일러를 둘러싼 철제 상자를 분리하고 속에서 끄집어낸 원통을 자르는 건달프의 동작이 어딘가 이상했다. 토치를 겨누는 동작이 어설펐다. 토치에서 나온 불꽃이 허공에서 너울거리다가 이내 팟하고 꺼졌다. 엉뚱한 곳을 더듬으며 과도한 불꽃을 튕기는 경우도 다반사였다. 역화 방지기가 설치되어 있지만 그런 식으로 하다간 언제 터질지 몰랐다. 윤서는 깡통을 집어 던졌다. 건달프의 종아리에 맞고 떨어졌다. 건달프는 산소절단기를 발치에 내려놓고 허리를 폈다. 원통 안에 든 구리가 고철보다 열 배는 비쌌다. 전 같으면 일을 마무리할 때까지 절대 자리를 뜨지 않았을 건달프가 기신기신 자리를 옮겼다. 선반 위에 얹어 두었던 반도체기판을 해체하는 쪽으로 방향을 틀었다. 실리콘이 녹으면서 내뿜는 가스가 윤서가 있는 곳까지 풍겨 왔다. 그마저도 안 되겠다 싶은지 건달프는 아예 방화 장갑을 벗고 윤서가 있는 곳 맞은편에 쌓인 철제 빔 위에 가 퍼질러 앉았다.

"누굴 말한 거예요?"

알면서도 물었다. 정작 묻고 싶은 건 따로 있었다. 그깟 산소절단기 하나 제대로 다루지 못하는 이유를 설명해 보세요. 아니, 요즘 들어 반입품 분류도 엉망이고 분해한 것들도 엉성하기 짝이 없고, 대체 이유가 뭐예요. 저기, 지난주부터 쌓여 있는 알루미늄 캔들은 제때 납품할 수 있겠어요? 그건 결국 건달프의 몸 상태로 귀결될 질문들이었다. 하지만 윤서는 예상되는 답변을 듣는 게 두려웠다.

"누구긴. 호센지 뭔지 하는 미개국의 철부지 녀석이지."

사물의 순환성과 평등성을 운위하던 사람이 딸의 남자친구에겐 다른 잣대를 댔다. 그런 부성애는 하나도 반갑지 않았다. 하지만 윤서는 입을 다물었다. 건달프는 요즘 들어 확실히 이상하게 변했다. 평지를 걷다가 급경사로 내몰린 기분이다. 은자처럼 진중하던 사람이 왜, 언제부터였을까. 그런 의문이 들 때마다 엄마의 죽음이 예상 답안의 첫머리에 놓였다. 윤서는 천천히 걸음을 옮겨 사무실로 오르는 계단의 디딤판에 가 앉았다. 그리고 들고 있던 포켓북을 펴서 읽는 척했다. 습관처럼 들고 다니는 포켓북은 여러모로 유용했다. 특히 건달프 앞에서 자연스레 딴전을 피우는 수단으로. 윤서는 책 표지를 손으로 쓰다듬었다. 『태고의 시간들』 올가 토카르죽. 작가 이름도 괴상했다. 노벨문학상을 받은 작가의 것이라서 고른 게 아니었다. 고물의 집합소인 타임리본에 딱 어울리는 이름이라는 생각이 든 때문이었다. 특이하게도 소설은 84편의 챕터로 나눠져 있는데 죄다 무슨 무슨 시간으로 타이틀이 붙어 있었다. 인간은 물론 동식물과 사물도 모자라 악령의 시간에 이르기까지, 작가는 말 그대로 삼라만상의 모든 것에 균등한 시간을 할애했다. 윤서의 마음을 끈 또 다른 이유는 주인공을 비롯한 모든 대상이 시간이 남긴 상흔傷痕 같다는 사실이었다. 저마다의 사연을 꿰매며 시간은 나아가고 있었는데 시간이 지나간 자리엔 예외 없이 고약한 냄새를 풍기는 이야기가 고여 있었다. 삶의 단면들이 터진 자리였다. 소설 속 인간들은 늪처럼 질퍽해진 그것의 출구에 회한이란 이름의 팻말을 꽂아 두었다. 그때 건달프가 뭔가를 입에 털어 넣는 게 보였다. "뭐예요, 그거?" 윤서의 물음에 건달프는 딴전을 피웠다. 뭐냐니까요. 새된 소리를 지르자 건달프가 귀찮다는 듯 윤서를 힐긋 보며 말했다.

"그냥…… 약이야. 영양제 같은 거."

윤서는 한숨을 쉬며 고개를 돌렸다. 작은 소란에도 아랑곳없이 고양이는 천연스레 자리를 지키고 있었다. 그것도 복수의 한 방편인지 녀석은 건달프나 윤서가 건네는 것은 절대 먹지 않았다. 비 오는 날이었다. 크라이슬러가 고양이 새끼들을 뭉개고 지나갔다. 순식간에 벌어진 일이었다. 모두 세 마리였다. 평소 차량 밑에서 추위나 비를 피하던 고양이 가족은 엔진소리가 나자 여느 때처럼 느릿느릿 움직였다. 거래처와의 약속 시간이 임박했던 건달프는 평소와 달리 곧장 후진했는데 운전석의 타이어가 정확히 새끼들 위로 지나갔다. 그날 이후 어미 고양이는 하루에 한 번은 꼭 사고현장을 찾았다. 어떨 땐 새끼들의 안전을 책임지지 못한 데 따른 회한으로 보였다가 또 어떨 땐 새끼들을 죽인 인간에 대한 무언의 시위로 보였다. 내 새끼들은 한순간에 폐기되었어. 그런 보이지 않는 피켓이 눈앞에 어른거렸다. 그때 건달프가 허리를 펴더니 몸을 꼿꼿이 세웠다. 윤서 쪽을 돌아본 건달프가 마치 책을 읽듯이 건조한 목소리로 뚜벅 한마디 했다. "나, 아직 안 죽었다." 뜬금없는 말이었다. 윤서는 갑자기 몸이 떨렸다. 시계를 보았다. 초침이 움직이지 않았다. 시침은 11에 가까이 간 상태였다.

윤서는 쉬지 않고 자전거 페달을 밟았다. 몸이 앞으로 쑥쑥 나가는 기분이 좋았다. 젠트리피케이션이 진행되는 이스트할렘 124번가에서 브롱스와 더 가까운 127번가로 진행할수록 거리가 칙칙해졌다. 벽마다 울긋불긋한 그라피티가 가득했다. 지나가던 흑인 여자 둘 중 하나가 그녀를 향해 씹고 있던 껌을 툭 뱉었다. 직모 가발을 쓴 여자였다. 루시가 떠올랐다. 마녀 같으니라고. 좋았던 기분이 다시금 나빠졌다. 브로드웨이에서 배운 게 거짓과 변명인 게 분명했다. 윤서가 보기에 그녀가 가져오는 건 태반이 장물이었다.

"함부로 예단하면 안 돼. 누군가에서 받은 건지도 모르잖아. 친구나 아니면 친척들에게서."

건달프는 끝까지 그녀 편을 들었다. 흥, 윤서는 코웃음을 쳤다. 모르긴 몰라도 루시란 여자, 그렇게 번 돈의 대부분을 몸치장하는 데 쓸 것이다. 한 가지만 봐도 알 수 있었다. 그 금발. 그 정도로 정교하게 꾸미려면 적어도 300달러 이상은 소요될 터였다. 윤서는 2,30달러 하는 커트 비용도 아까워 특별한 일이 아니면 거울을 보면서 스스로 잘랐다. 어쩌면 겉치장은 자신을 감추는 행위일지도 몰랐다. 특히나 뉴욕은 자신을 가장 자연스럽게 감추는 자가 대우받는 도시였다. 그나저나 건달프는 어쩌자고 그런 헤픈 여자에게 빠졌을까. 몇 해 전에 세상을 떠난 엄마가 떠올랐다. 엄마는 비누 조각을 스타킹에 넣어 쓸 정도로 알뜰한 주부였다. 함께 보낸 마지막 몇 달의 엄마는 늘 모자를 쓴 모습이었다. 윤서가 미들스쿨을 다닐 때까지만 해도 집에 오면 언제나 푸짐한 샌드위치와 푸딩 그리고 홍차가 식탁에 놓여 있었다. 그러던 것이 언젠가부터 차갑게 식은 토스트가 고작이었고 그마저도 없을 때가 많았다. 세탁기 주변엔 가루세제가 어지럽게 흩어져 있었다. 혈액암이라고 했다. 항암치료를 하면서 머리가 다 빠진 엄마는 모자를 쓰기 시작했다. 엄마가 암 판정을 받고 나서도 아버지는 늘 단정한 슈트 차림이었다. 엄마가 부딪친 난관엔 아랑곳없이 넥타이는 날마다 바뀌었다. 엄마가 막다른 골목에 이르고서야 넥타이를 풀고 나섰지만 이미 때가 늦었다. 문득 루시란 여자는 다른 의미에서 아버지의 비커에 새로운 모래를 채우고 있는 건지도 모르겠다는 생각이 들었다. 저급한 욕망이나 갈급한 도취욕 같은 거. 그게 아니라면 푸석했던 건달프의 얼굴에 생기가 돌기 시작한 걸 어떻게 해석해야 할까. 그래도 건달프 이전에 권달표였던 것일까. 한 번은 그녀가 접시만 한 위성안테나를 가져온 적이 있었다. 한차례 태풍이 지나간 뒤였다. 루시는 한사코 쓰레기장에서 주웠다고 우겼다. 누가 봐도 멀쩡한 모양새였다. 안테나의 아랫면에 적힌 번지로 연락하면 쉬 확인할 수 있는 사안이었지만 건달프는 말없이 지갑을 열었다. 다음 날 윤서는 부러 주소지에 적힌 거리를 지나서 출근했다. 놀랍게도 안테나는 다시 꽂혀 있었다. 어제 봤던 주소가 분명했다. 담배꽁초가 눈에 띄었다. 윤서는 그것을 집어 들고 살폈다. 건달프가 애용하는 담배였다.

호세도 그의 엄마도 집에 없었다.

"거기 갔어."

언젠가 동석한 적이 있었던 호세의 친구 파블로가 문을 열어주었다.

"거기라니?"

윤서의 물음에 파블로의 눈빛이 게슴츠레 풀어졌다. 입에서 연기가 뿜어져 나왔다. 그러고 보니 방 안에 대마초 연기가 자욱했다. "헤이 이쁜이, 우리 같이 놀지 않을래?" 상체를 벗은 사내 하나가 느물느물 웃으며 윤서의 팔을 잡았다. 한 손엔 위스키병이 들려 있었다. "관둬. 호세 애인이야." 파블로가 사내를 밀친 뒤 호세가 간 곳에 대해 말했다. 전혀 예상치 못한 장소였다. 애인이 어디 정해졌냐? 사랑하는 순간부터 애인이 되는 거지. 사내가 중얼거렸다. 돌아서는 윤서의 등에 대고 파블로가 말했다.

"녀석은 떠나기 전에 고향을 한번 보고 싶다고 했어. 아무튼, 엉뚱한 데가 있어 호세 그 녀석. 거기서 푸에르토리코가 보이기나 하나? 그냥 선셋이라도 보고 싶었던 모양이지."

윤서는 곧바로 전철역으로 갔다.

브루클린교에 오른 윤서는 반대편 지점을 향해 천천히 걸었다. 고층빌딩 뒤편이 붉게 물들고 있었다. 20분가량 걸어가자 호세가 있었다. 호세는 난간에 기대어 바다를 바라보고 있었다. 한 손엔 조그만 나무상자, 다른 손엔 힙플라스크를 들고 있었다.

"대체 얼마나 오래 있었던 거야?"

윤서의 물음에 호세는 힐금 돌아보곤 다시 눈길을 돌렸다.

"맘은 저쯤에서 날 낳았다고 했어."

호세가 눈 아래 찻길을 가리켰다. 윤서는 난간을 잡고 아래를 내려다보았다. 질주하는 차량들이 물고기 떼 같았다.

"달리는 차를 급하게 멈추고 게다가 비상등을 켜지도 않은 상태였지. 때마침 지나가던 경찰차가 도와주지 않았다면 나는 영영 빛을 볼 수 없었을지도 몰라. 웃기지? 맘의 남자친구를 감방에 보낸 경찰이 마치 빚을 갚겠다는 듯이 도와준 거야."

친구가 운전하는 차에 탄 호세의 엄마는 브루클린교를 건너 맨해튼으로 이삿짐을 나르던 중이었다고 했다. 윤서는 짐짓 밝은 목소리로 화제를 돌렸다.

"작별인사하러 왔다는 네 말이 진담이면 어쩌나, 설마 진짜로 떠난 건 아니겠지, 하면서도 불안해서 온 거야. 그만큼 널 사랑하는 거지 내가."

윤서가 농담조로 말하는데도 호세의 표정은 여전히 굳어 있었다. 다른 사람이 된 것 같았다. 위스키를 한 모금 들이켠 호세가 다시 입을 열었다. 그의 얘기는 롤러코스터를 탔다. 이윽고 현재에서 그리 멀지 않은 시간대에 진입했다. 시간만 바뀌었을 뿐 등장인물은 그대로였다.

"똥을 뿌직뿌직 싸는 맘을 보면서 얼른 죽었으면 했어."

호세가 남은 위스키를 입안에 털어 넣었다. 힙플라스크를 다시 뒷주머니에 꽂은 호세가 검지손가락을 들어 보였다.

"이 손가락으로 맘의 이마를 찔렀지. 똥을 치우고 난 뒤 제대로 씻지도 않은 이 손가락으로 몇 번이나. 왜 그러고 사느냐고. 내가 그런 쌍놈이야."

호세의 목소리가 LP판 튀듯이 요동쳤다.

"손가락으로 하나 남은 구명복의 끈을 풀어 상대에게 넘길 수도, 핵미사일 발사 버튼을 누를 수도 있어. 그리고 이게 말이지, 어떨 땐 세상에서 가장 더러운 존재야. 한마디로 좆같아."

호세는 손가락을 위로 치켜세웠다. 발기한 페니스를 세우듯이. 윤서가 호세의 팔목을 손으로 잡았다. 호세의 팔이 가늘게 떨리고 있었다.

"맘이 딱 한마디 했어. 가래가 끓는 목소리로 말이지. '호세, 내 아들! 이건 맘의 뜻이 아니야. 나도 곱게 늙고 싶었단다. 용서해다오. 호세, 사랑하는 내 아들!' 젠장, 내가 그런 짓을 했는데도 사랑한다고 했어. 맘은."

그새 노을이 지고 있었다. 적지 않은 관광객들이 휴대폰으로 선셋 풍경을 찍고 있었다. 호세의 눈 아래로 가느다란 빛 하나가 그어지고 있었다. 단풍이 쌓인 곳에 난 조그만 길처럼 보였다. 그제야 호세의 손에 묻은 허연 가루가 눈에 들어왔다.

"그게 뭐야?"

윤서가 호세의 손을 당겨 들여다보았다.

"맘을 저기 바다에 뿌리고 왔어."

눈가를 훔치고 난 호세가 나무상자를 들어 보였다.

"나, 나는…… 그런 일이 있는 줄……." 윤서는 남은 말을 삼켰다. 호세가 말을 이었다.

"그러니까 여기가 내 고향이야. 다리 위. 내가 실속 없이, 밤낮으로 뛰어다닌 이유를 알 것 같아. 눈알이 핑핑 도는 속도의 와중에 갑자기 멈추면 어떤 일이 생겨? 크게 부서지거나 죽거나 하지 않겠어? 건달프 말대로라면 곱게 늙어갈 기회를 뺏기는 거지."

호세의 맘은 병원에 입원할 형편이 못 되었다. 온전히 호세가 수발을 했다. 푸에르토리코에서 관광객들을 상대로 서빙을 하고 접시를 닦다가 브루클린을 거쳐 맨해튼으로 왔다는 그의 맘은 카리브해의 파도 대신 도시의 소음이 철썩이는 곳에서 죽음을 맞이했다. 호세는 터키를 경유해 그리스의 레스보스섬에 갈 것이라고 했다. 그곳 모리아 난민촌에서 봉사활동을 하겠다는 호세에게 이유를 물었다. 그냥 다른 역할을 한번 맡고 싶다고 했다.

"이왕이면 망가지는 걸 막는 역할이면 좋겠지."

호세가 한마디 덧붙였다. 저렇게 말하는 사람을 나는 알아. 윤서의 머릿속에서 버저가 울리고 비트겐슈타인이라는 이름이 떠올랐다. 그 역시 낡은 포켓북을 정리하다 만난 인물이었다. 그 사람은 철학을 공부하다 1차 세계대전에 참전했다. 참전 이유로 그는 다른 사람이 되고 싶었다고 했다. 호세가 그를 읽었을 리는 없다.

"언젠가 엄마가 TV를 보다가 울기 시작했어."

호세의 시선은 여전히 수평선에 가 있었다.

"그 이름 아직도 기억해. 에이란 쿠르디. 보트가 뒤집히는 바람에 죽은 아이 이름이지. 고작 세 살밖에 되지 않았어. 생각해보면 엄마와 나 역시 난민과 다를 바 없는 신세였어. 그땐 잘 몰랐는데 이젠 엄마의 마음을 알 것 같아."

윤서도 그 아이의 사진을 본 적이 있었다. 터키의 한 바닷가에 마치 잠자듯 엎딘 채로 죽어 있던 시리아 소년. 윤서의 입에서 나온 순환이니 재탄생이니 하는 말에 호세는 그제야 웃음을 보이며 윤서의 어깨에 팔을 둘렀다. 그러곤 웹툰보다 소설을 쓰는 게 어떠냐고 했다.

"너처럼 책을 많이 읽은 사람을 본 적이 없어. 넌 생각이 너무 무거워. 그런 무거운 생각은 웹툰과는 어울리지 않아. 웹툰은 뭐랄까, 적당히 주물러 반죽한 이야기라는 고형물에 입힌 시럽 같은 거야."

"시럽?"

호세가 고개를 끄덕였다. 신선한 발상이었다. 호세를 스토리텔러로 고용하면 좋겠다는 생각이 얼핏 스쳤다. 윤서는 자신의 어깨에 얹힌 호세의 팔을 쓰다듬었다. 브루클린의 선셋이 유명하다는 얘기는 들었지만 실제로 보니 기대 이상이었다. 윤서도 호세도 잘 익은 감처럼 얼굴이 붉어지고 있었다. 문득 생각났다는 듯 호세가 입을 열었다.

"솔직히 말할게. 파괴를 막는 역할이니 뭐니 하는 건 말장난이고 실은 파괴된 것들, 파괴된 인생을 보고 싶은 걸 거야. 그러니까 나보다 더한. 위안을 받자는 심산인 거지."

윤서는 물끄러미 호세의 옆얼굴을 쳐다봤다. 호세의 눈길은 대서양으로 뱃머리를 돌린 여객선에 가 있었다.

"너야말로 소설을 써 보지 그래. 나보다 훨씬 무겁네."

가벼운 잽처럼 던진 말이었다. 호세는 힐긋 윤서를 본 뒤 말머리를 돌렸다. 뜻밖에도 건달프 얘기였다.

건달프는 사무실 소파에 루시와 나란히 앉아 있었다. 탁자 위에 놓인 약봉지를 보는 건달프의 눈꼬리가 올라갔다. 그의 눈빛은 루시의 눈빛과 닮아 있었다. 루시는 방금 건네받은 약봉지에서 꺼낸 가루약을 코로 흡입했다.

"줄 돈도 약도 없어 이제. 그게 마지막이야. 약을 끊든지 아니면……."

"죽든지?"

건달프가 얼버무린 뒷말을 루시가 이었다. 건달프는 소파 뒤로 목을 젖혔다.

"당신도 약을 한다는 소문을 들었는데…… 사실이었군."

루시의 말이 신호라도 된다는 듯이 계단을 울리는 소리가 들렸다. 성큼 사무실로 들어온 건 흑인과 히스패닉이었다. 흑인이 대뜸 말문을 열었다.

"약값이 두 달치나 밀렸어."

흑인이 탁자 위의 약봉지를 가방에 쓸어 담았다.

"약값을 가져오면 돌려주지."

"나 그거 안 먹으면 아파서 잠을 못 자."

루시가 발끈하며 사내의 옷자락을 잡았다. 사내가 거세게 손을 뿌리치곤 밖으로 나갔다.

"내일 이 시간에 다시 오지. 만약 그때까지도 돈을 준비하지 않으면."

흑인이 낡은 화분에 꽂혀 있던 빗자루를 꺼내어 거꾸로 들더니 시계를 후려쳤다. 와장창 소리를 내며 시계는 박살이 났다. 흩어진 파편이 사방으로 튀었다. 게슴츠레 실눈으로 지켜보던 건달프가 렌치를 들고 비틀거리며 문 쪽으로 걸어갔다. 루시가 건달프, 하며 제지했지만 건달프는 곧바로 사내 등을 가격했다.

"무식한 녀석아, 그건 특별한 시계야."

휘청거리던 흑인이 돌아섰다. 어느새 잭나이프를 손에 든 흑인이 건달프를 향해 다가갔다.

"이봐, 왜 그래? 이 사람 지금 약을 했다고. 참아. 참으라고."

흑인이 손을 뻗는 것과 동시에 루시가 건달프를 껴안았다. 한 움큼 뜯은 휴지로 칼을 닦으며 흑인이 서둘러 계단을 내려갔다. 히스패닉이 침을 뱉고는 곧장 그 뒤를 쫓아갔다. 루시의 옆구리에서 나온 피가 스팽글이 달린 바짓단을 지나 바닥으로 흘러내렸다. 건달프는 여전히 얼이 빠진 표정으로 루시를 쳐다보았다.

"당신, 왜 그래, 통증이 시작된 거야? 약을 줬잖아. 얼른 먹으라고. 젠장!"

건달프가 갈라지는 목소리로 말했다. 루시는 소파에 등을 기대고 건달프를 한 손으로 껴안았다.

"이봐요, 건달프, 이제 더 이상 당신 마법도 통하지 않나 봐. 당신 말이 맞았어. 난 진작 폐기되어야 할 몸이었어. 항암치료도 괜히 했어. 그 돈으로 당신과 여행이라도 떠날걸."

건달프는 딴 곳을 보고 있었다.

"시계는 행복한 미래를 향해 출발했지. 하지만 불행한 과거가 되어 돌아왔어. 내가 행복의 반대쪽으로 태엽을 감았기 때문이지."

고물상에 들어온 물건 속에 섞인 시계를 보았을 때 건달프는 아내가 보낸 메시지라 생각했다. 그 시계는 미국에 이민 와 처음으로 집을 장만한 걸 기념해 산 것이었다. 센트럴파크에서 열린 벼룩시장에서 아내가 직접 고른 것이었다. 아내는 시계의 뒷면에 '행복한 미래'란 글자를 써넣었다. 기적처럼 돌아온 시계는 앞면의 깨진 유리를 투명 아크릴로 교체한 것 빼고는 멀쩡했다. 행복이란 글자는 거의 뭉개졌지만 아내와 자신의 이니셜은 그대로였다. L, 이인혜. 지난 시간은 잊어버려. 그만 자책하고 새로운 행복을 찾아. 오랜만에 듣는 아내의 목소리였다. 하지만, 하고 그는 숨을 천천히 내쉬었다. 늘 같은 자리를 오가는 시곗바늘과 달리 행복은 한 번 가면 그만이었다. 재생을 기대하려면 먼저 스스로를 폐기하는 수밖에 없었다. 건달프는 마당에 쌓인 것들을 새삼스레 둘러봤다. 그들을 하나로 묶은 건 침묵이었다. 그리고 또 하나, 기다림이었다. 새롭게 시작할 수 있게 도와줄, 이를테면

재가공이나 그도 아니면 평화로운 소멸에 대한.

경찰 패트롤카가 돌아가고 난 뒤 건달프는 곧바로 구급차에 실려 치료 병동으로 떠났다. 뒤늦게 연락을 받고 달려온 윤서는 자신이 생각보다 침착한 데 대해 놀랐다. 하긴 호세가 말했을 때 이미 예감하고 있었기 때문인지도 몰랐다. 호세는 한참 망설인 끝에 입을 뗐다. 전달자 역할을 뛰어넘어 건달프 본인도 약을 하기 시작했다고. 빚이 불어나면서 몇 차례 경고가 있었지만, 근근이 위기를 모면한 건 그나마 공급책 중 하나가 호세와 친한 히스패닉이었기 때문이다. 그러나 최근에 조직원의 물갈이가 있고부터는 그마저도 쉽지 않았다.

"이제야 실물을 확인했지만…… 루시 그 여자, 암 환자잖아. 그런 여자가 뭐 볼 게 있다고 건달프는 그렇게 애착을 보이는지 도무지 이해할 수 없어. 네게 비밀로 해 달라고 하도 당부를 해서 그동안 입을 꾹 닫고는 있었지만."

"그녀가 암 환자였어?"

"액상 대마나 케타민에 이어 최근엔 코카인까지 손대던걸. 건달프도 아마 호기심에서 만지작거리다 중독됐을 거야. 원래 마약이 그런 거지만."

그건 아닐 것이다. 윤서는 도리질했다. 엄마가 떠난 뒤부터 매사에 호기심이 줄어든 건달프의 모습을 떠올렸다. 내가 그러지 않았으면 네 엄마는 곱게 늙어갔을 텐데. 엄마 기일 때면 습관처럼 내뱉던 말. 엄마가 그렇게 된 건 자연재해가 아니라 인재人災야. 그런 말까지. 윤서의 눈에 햇살 한 뭉치가 들어왔다. 계단 중간 지점에서 내려다보이는 곳이었다. 윤서는 계단을 내려가 그것을 집어 들었다. 금발 머리였다. 윤서의 눈이 커졌다. 가발이었던 거야? 엄마의 머리에 늘 얹혀 있던 모자가 오버랩되었다. 그래, 누군가는 모자를, 또 누군가는 가발을 쓸 테지. 윤서는 크라이슬러의 문을 열고 들어갔다. 등받이를 뒤로 젖히고 발을 대시보드 위에 올렸다. 입구에 서 있는 은행나무가 왼발과 오른발 사이에 들어왔다. 문득 저 나무가 고물상과 운명을 같이 할지 어떨지 궁금해졌다. 다른 곳에 심어지겠지. 아니, 패치카의 장작으로 쓰일지도. 불에 태워져 연기가 되더라도 그 연기는 어딘가에 스며들 것이고 결국엔 새로운 몸을 얻겠지. 그런 연상은 고물상에서 일을 하면서부터 생긴 버릇이었다. 어쩌면 고리타분한 책들을 읽은 데서 연유한 것인지도 몰랐다. 윤서는 두 발을 꼬았다. 나무가 사라졌다. 발을 벌리자 다시 나무가 나타났다. 가려진 나무가 아주 사라진 게 아닌 것처럼 어떤 얼굴은. 윤서는 손깍지를 낀 채 그런 생각을 했다. 눈앞에 낯익은 얼굴들이 떠올랐다. 엄마의 얼굴에서 호세의 얼굴 건달프의 얼굴로 시시각각 변했다.

"이봐 제인, 저 아줌마가 일주일 동안 번 돈이라며 준 거야. 이

것 받고 신고하는 건 관둬. 보기에도 어려운 사람들 같지 않아?"

윤서는 두 사람을 등지고 돈을 건넸다. 봉투에서 꺼낸 오만 원 권 지폐 네 장이었다. 엉겁결에 돈을 받은 제인이 남자와 여자를 살폈다. 뭐라고 구시렁거리던 제인이 윤서의 채근에 못 이기는 척 차를 몰고 떠났다.

"한국지사에서 근무하고 있는 친구인데 돈이 아쉽지 않은 애예요. 그러니까 두 분은 오늘 운이 좋았던 거예요."

남자가 어줍게 웃으며 손으로 머리를 긁적였다. 폐지를 실은 바이크가 멀어지는 걸 보다 윤서는 발길을 돌렸다. 건달프가 병원에 입원한 뒤 이모가 당분간 한국에서 지내라고 불렀다. 옥탑방을 내줄 테니 여기 대학의 만화 콘텐츠과에 진학해서 하고 싶은 웹툰 공부를 하라는 이모의 말에 그럼 생활비는 내가 벌어서 쓰겠다고 했다. 일러스트레이션학원 강사는 윤서에게 glocal 마인드를 강조했다. 글로컬. global과 local의 합성어로 세계성과 지역성을 동시에 구현하는 것이라는데 그보다는 개인성을 드러내는 일에 주력하고 싶었다. 하지만 말은 하지 않았다. 그 말을 하자면 할렘 이야기를 해야 하는데 아직은 그러고 싶지 않았다. 이야기의 시작과 끝은 오직 윤서 자신만이 결정할 수 있었다. 윤서는 어렴풋이 언젠가는 그것이 웹툰 작가로서의 첫 이야기가 되리라 예감했다.

동물병원에 들러 백팩 캐리어를 메고 나온 윤서는 가까운 강

변으로 갔다. 태블릿PC까지 넣어 제법 무거웠지만, 그냥 걸어갔
다. 거기서 호세에게 답장을 쓸 생각이었다. 딴사람이 되고 싶다
며 그 먼 난민촌까지 간 호세는 최근 보낸 메일에서 여기서 나가
면 윤서 너랑 브루클린교에 다시 가보고 싶다고 썼다. 가서 끝에
서 끝까지 함께 걷고 싶다고 했다. 그리고 말미에 노을을 보며 함
께 천천히 늙어갔으면 좋겠다는 말을 했다. 함께 늙어간다. 윤서
는 강변에 축조된 돌계단에 앉아 강 건너편을 보며 그 말을 곱씹
어 보았다. 강을 따라 나무들이 줄지어 서 있었다. 마천루의 위
용에 압도된 모습이지만 나무들은 전혀 고민이 없어 보였다. 하
긴, 나무들이란. 윤서는 『태고의 시간들』에서 읽었던 한 구절을
떠올렸다. '나무는 절대로 죽지 않는다. 존재에 대한 무지가 나무
를 시간과 죽음의 속박으로부터 자유롭게 해 주기 때문이다.' 하
지만 무지한 상태로 살고 싶지는 않은걸. 윤서는 입속말로 중얼
거렸다. 고물상을 정리하는 와중에 그 포켓북은 어디론가 사라
졌다. 책이 좋은 점은 설사 분실되거나 훼손되어도 똑같은 책을
얼마든지 만날 수 있다는 것이다. 수십 개의 챕터로 나뉘었던 책
의 내용이 강물처럼 머릿속으로 흐른다. 그 많은 갈피 사이로 슬
그머니 할렘의 시간을 끼워 본다. 윤서는 이야기가 흐르는 걸 말
없이 지켜본다. 사위가 붉어지고 있다. 윤서의 얼굴도 붉게 물든
다. 윤서는 고개를 돌려 도시가 거대한 용광로가 되는 순간을 상
상해 본다. 무엇으로 다시 태어날까. 도중에 폐기되지만 않기를.

그냥 제자리에서, 그렇게…… 낡아가면서 뒤로 쌓이는 시간을 인식하지 못하는 존재로.

"태고, 넌 어때, 다음 생에도 고양이로 태어나고 싶은 건 아니 겠지?"

윤서는 캐리어에서 꺼낸 태고를 무릎에 앉힌 뒤 머리를 쓰다 듬으며 물었다. 태고는 눈을 감았다 뜨더니 몸을 웅크렸다. 그러 곤 가만히 강을 바라보았다. 사고현장에 있을 때의 자세와 흡사 했다. 하긴. 윤서는 고개를 끄덕였다. 태고는 비로소 새끼들을 만나게 되었을지도 몰라. 태고의 새끼들이 변용되는 시간. 우주 적 관점에서 보면 그건 먼지 한 점의 시간에도 미치지 못할 것이 다. 이곳에 온 뒤부터 시름시름 앓기 시작한 태고는 오늘 이 순간 을 기다린 것도 같다. 집에 갇혀 있을 때는 이렇게 고개를 꼿꼿이 치켜들고 집중하는 모습을 보인 적이 없었다. 고물상에서 또 하 나의 고물로 간주되던 모습과도 달랐다. 순간, 윤서는 태고의 입 가에 미소가 번지는 걸 본 것 같았다. 이게 뭘까. 언젠가 고물이 라는 오명에서 벗어날 수 있다는 기대에 시시각각 고물이 되어가 는 걸 기꺼워하는 역설, 그런 것일까. 그렇다면 할렘의 그 고물상 은 없어졌지만 없어진 게 아니다. 건달프가 한 말이 떠올랐다. 그 래, 모든 시작은 기다림이 견인한 것이다. 할렘의 시간도 마찬가 지. 그렇다면 모든 시작의 끝은 새로운 기다림의 시작인 것일까. 이윽고 윤서는 이런 결론을 내린다. 기다림의 끝에는 또 다른 기다림이 있다고. 심지어 실패한 기다림조차 그 기다림의 처연한 빛을 동경하는 기다림이 있기에 무용하지만은 않을 거라고. 그 생각만으로도 마음의 하중이 덜어지는 듯했다. 윤서는 붉게 타들어 가는 서녘 하늘에 시선을 던진 채 앉아 있다. 태고 역시 윤서의 마음을 읽었는지 자세를 허물지 않고 곁을 지킨다.

우리가 우리를 버리는 방식

1

"미안하지만 한 번 더 말해줄 수 있나?"

윤은 자신의 귀를 의심했다. 코로나? 아니, 코론다라고 했나? 의혹의 눈초리를 수굿이 받고 있던 관리자가 말없이 고개를 끄덕였다. 그게 무슨. 윤은 버릇처럼 콧등을 찡그렸다. 코로나? 코론다? 윤이 재차 물었다. 관리자는 내키지 않아 하는 표정으로 입을 뗐다.

"당신이 기억하고 있는 것, 그게 맞소. 달라진 건 연도 표시. 그러니까 정확히 말하면 코로나 2176."

"코로나 2176?"

윤은 골똘한 표정으로 관리자를 바라보았다. 관리자의 입술이 투명마스크 너머에서 실룩거렸다.

"그렇소. 지금이 2176년이니까."

관리자는 윤의 시선을 피하지 않았다.

"그래서, 설마 나보고 다시 냉동 캡슐로 들어가라는 건 아니겠지?"

농담으로 한 말인데 관리자의 표정이 굳어졌다.

"뭐야…… 설마!"

관리자가 손을 들어 윤의 다음 말을 끊었다.

"캡슐과 닮긴 했는데 이름이 수면방이오. 그리고 우리 미르인들이 먼저요. 아, 오해하지는 마시오. 당신과 같은 과거인들은 몇 가지 검사를 한 뒤 들어갈 거니까."

무슨 검사냐고 묻고 싶은데 마른기침이 나왔다. 윤은 손으로 입을 막았다. 고개를 돌린 채 잠시 뜸을 들이던 관리자가 엄지손가락으로 자신의 가슴을 가리켰다.

"다시 말하지만, 우리가 준비한 피난처는 구닥다리 냉동 캡슐이 아니오. 인체의 구성비와 유전정보를 완벽히 인덱싱하고 구동시킨 방이오. 물론 일인 일실이오. 페이드아웃 되듯 서서히 의식이 꺼지게 되어 있소. 더 이상 꽁꽁 얼 필요도 없소. 미네랄과 산소는 자동공급, 디폴트값은 가변적이지만 전혀 걱정할 게 없소. 평온하게 자고 나면 상황 끝."

관리자는 손을 터는 시늉을 해 보였다.

"그건 그렇다 치고…… 조, 그도 함께야?"

윤의 말에 관리자가 설풋 웃었다.

"조는 함께하지 않을 거요. 아직 모르시는 모양인데 그의 호흡기관은 바이러스가 매력을 느끼지 못하는 합금재질이오."

관리자는 손목에 부착된 콘솔뷰를 가볍게 터치했다. 허공에 숫자가 기입된 다양한 도표가 떴다. 결과가 나왔군, 관리자가 그렇게 말하며 한 부분을 가리켰다. 27th//M03//Y2167. 관리자가 숫자를 건드리자 숫자는 이내 잡다한 알고리즘과 연동되어 네트워크 리소스의 측정치를 도식화했다. 요점은, 하면서 관리자는 콘솔뷰를 껐다. 거미줄처럼 얽혀 있던 데이터베이스가 순식간에 사라졌다. 윤의 시선은 여전히 허공에 걸려 있었다.

"신종 바이러스를 퇴치할 치료제와 백신 제조에 최소한 8일이 소요된다는 뜻이오. 의외로 오래 걸린다 싶은데…… 마스터컴퓨터와 연동된 안드로이드가 보고한 내용이오. 오류가 없을 거라는 말이지."

문을 나서기 전 관리자가 돌아보며 말했다.

"애초에 판도라의 상자를 열지 말았어야 했소."

그 말이 생급스러워 윤이 눈을 치뜨자 관리자는 퉁명스레 내뱉었다.

"냉동 캡슐인가 뭔가 하는…… 구시대의 유물 말이오."

관리자가 떠난 뒤에도 윤은 자리에서 일어나지 않았다.

"뭐예요, 철학자 흉내를 내고 있는 거예요?"

윤의 앞에 조가 앉아 있었다. 이제 스물여섯, 꽃다운 나이의 사내.

"어, 어떻게 왔어?"

상념에서 빠져나온 윤은 어리둥절한 표정을 지었다. 조가 제 발로 찾아온 것이다. 관제센터의 지시 없이, 게다가 이쪽에서 요청하지 않았는데도. 조는 콜록거리는 윤을 물끄러미 바라보았다.

"자기네들만 피신하겠다는 소리로 들려요."

삭발한 조의 머리통은 실무를 도맡고 있는 안드로이드와 닮았다. 조의 목소리는 낮았지만 단단했다. 그는 시종일관 관리자들, 그러니까 미르인들에 관한 의문점을 거론했다. 가령 이중성을 기저에 깔고 있는 그들의 위선적 행태에 관한 것들.

"그런다고 본질은 변하지 않아요. 속도와 방향의 문제일 뿐이지. 누군가의 주행이 다른 누군가에겐 역주행이 되는 것처럼. 뻔한 얘기지만 누군가의 고통이 누군가에겐 기쁨으로 읽히기도 하는 거예요. 그렇다고 길이 없어지는 것도, 기쁨이나 고통 자체가 사라지는 것도 아니죠. 이봐요 윤, 그렇잖아요? 그러니 저들도 궁극엔 자신들의 문제로 귀결될 거예요."

조는 윤에게 묻는 형식을 취했지만 실상은 자문자답에 가까웠다.

갑자기 윤의 한쪽 팔목이 붉어지기 시작했다. 윤은 다른 손으로 팔목을 주물렀다. 팔목을 물들였던 붉은 기운이 이번엔 얼굴로 옮아갔다. 이중성이니 변신이니 하는 단어를 듣는 순간 윤의 대뇌변연계의 어떤 부분에 스파크가 일어났다. 점화된 불꽃의 중심에 낯익은 얼굴이 심지처럼 박혀 있었다. 형이었다. 그건 의지와는 상관없는 일이었다. 그 단어 자체가 촉매라도 된다는 듯 붉은 기운이 등으로 배로 엉덩이로 망아지처럼 뛰어다녔다. 마침내 손가락까지 떨리기 시작했다. 윤의 얼굴이 일그러졌다. 착시였을까, 방안의 기기들이 조금씩 주름이 잡혔다. 자리에서 일어난 윤은 출입문을 향해 걸음을 뗐다. 윤의 긴 머리가 물결처럼 출렁거렸다. 조의 눈길이 윤의 뒤태를 훑었다. 봉긋한 엉덩이와 잘록한 허리. 영락없는 여자다. 불공평해 정말. 조는 웅얼거렸다.

"이봐요 윤, 그래 봤자 밖으로 나갈 수 없어요. 우린 격리되었다고요."

조의 목소리는 윤의 귀에 닿기도 전에 흩어졌다. 윤의 앞에서 하늘과 초원이 정확히 이등분으로 갈라졌다. 완벽하게 구현된 실경實景 덕분에 그것은 벽에 장착된 문이라기보다 다른 세상으로 통하는 경계면처럼 보였다. 윤이 나가고 닫힌 문 이쪽은 이제 바다로 바뀌었다. 금방이라도 발등을 적실 것 같은 포말이 조의 눈앞에서 비산飛散했다.

2

캡슐에서 나온 지 열흘째 되던 날이었다. 조금 전까지 윤은 셀룰로이드 촉감을 지닌 외피에 전신이 감겨 있었다. 안드로이드가 시키는 대로 거울 앞에 선 윤은 흡 하고 숨을 멈추었다. 눈을 질끈 감았다가 떠 보았다. 그의 눈빛이 기대에서 의혹으로, 의혹에서 공포로 바뀐 건 한순간이었다. 윤은 뒤를 돌아보았다. 몇 가지 의료장비만 놓여 있을 뿐 아무도 없었다. 그런데도, 아니 거울에는 분명 낯선 여자가 자신을 뚫어져라 보고 있었다.

앤트맨Antman이 만화경 속에서 길을 잃었을 때의 낭패감이랄까.

뒷날 조는 여자로 변한 윤의 모습과 맞닥뜨렸을 때의 느낌을 그렇게 표현했다.

"그들은 어쩔 수 없었소. 그들의 후손인 우리라면 얼마든지 대처할 수 있었겠지만."

관리자는 선대의 미르인들을 그들이라고 통칭했다. 관리자는 유감이라는 말을 했지만, 전혀 감정이 비치지 않는 얼굴로 윤이 그리된 연유를 간략히 설명했다. 그의 말에 따르면 남과 북이 벌인 전쟁으로 인해 관리시스템이 붕괴된 게 결정타였다.

전쟁.

개전 일은 2068년 6월 20일이었다. 그건 남과 북이 벌인 두 번째 전쟁이었다. 핵미사일을 동원한 북의 선제공격에 수도의 절반과 대도시 두 곳을 잃었지만 남은 이내 전세를 뒤집었다. 북이 간과한 게 있었는데 그때는 이미 남도 핵탄두를 보유하고 있었다는 점이었다. 남은 국제사회의 제재를 우려해 극비리에 20Kt 이하의 전술핵무기를 제조했고 주도면밀하게 실전 배치했다. 야포와 단거리탄도미사일에 장착할 수 있는 그것은 ICBM(대륙간 탄도미사일)이나 SLBM(잠수함발사 탄도미사일)과 같은 전략핵무기에 비해 기동성과 정확성에서 단연 유리했다. 재래식 무기의 성능 또한 북은 남의 상대가 되지 않았다. 남은 그와 관련한 기밀 사항을 대통령과 국방부 장관 그리고 안보 분야 참모 등 극소수의 인원만 공유하고 있었다. 그것은 수십 년에 걸쳐 고착화한 일당독재 체제가 안겨준 프리미엄이었다.

냉동 캡슐 저장고는 핵미사일의 타격 지점에서 상당히 떨어진 산간오지였지만 문제는 전쟁 후유증으로 일정 기간 관리의 부재가 지속되었다는 점이었다. 비상 발전기의 고장으로 2기의 캡슐은 그 자체로 전대미문의 관棺이 되고 말았다. 뒤늦게 저장고의 관리소장이 A 국의 본사에 올린 보고서엔 간신히 기능을 유지하고 있는 캡슐이 도합 6기라고 적혀 있었다. 그 6기 또한 이런저런 사정으로 예정된 개봉일을 상당 기간 미룰 수밖에 없었다.

관리자는 당시의 참상을 홀로그램으로 생생히 재현했다. 핵탄두가 폭발한 그라운드제로에서 반경 수 킬로미터 내의 풍경은 지옥도를 방불케 했다. 처참하게 부서져 내린 건축물, 증발해 버린 초목들, 하천 바닥에 켜켜이 쌓인 시신들, 하늘을 뒤덮은 잿빛 연기……. 윤의 시선이 한 곳에 고정되었다. 유도미사일의 타깃이 된 군부대였다. 이미지 캡션이 없었다면 황막한 들판이나 사막으로밖에 보이지 않는 곳. 관측자의 시각과 빈도를 계량하는 데까지 진화한 홀로그램은 윤의 시선이 고정된 장면을 돌올하게 부각했다. 지하 벙커에 있은 덕분에 목숨을 건진 병사의 인터뷰 장면이었다. 병사는 뭐라고 말을 하는데 가갸거겨를 연습하는 지진아를 보는 듯했다. 병사의 눈은 그 무엇도 담기지 않은 듯 횅했다. 관리자는 연이어 외곽지역의 피해 상황을 몽타주 기법으로 보여주었다. 검은 연기와 검게 탄 병사들의 시신이 콜타르처럼 엉긴 장면에서 윤은 입술을 깨물었다.

거무죽죽한 덮개를 걷자 검게 탄 형의 얼굴이 드러났다. 헉, 하는 외마디 소리와 함께 엄마가 혼절했다. 한 손으로 엄마의 허리를 받친 채 윤은 형의 얼굴을 보았다. 핏자국이 엉겨 붙은 얼굴은 더 이상 형의 것이 아니었다. 무엇에 가격당했는지 관자놀이는 우묵하게 함몰되어 있었다. 윤은 이를 악물고 덮개를 아래로 내렸다. 형의 복부 한가운데가 거칠게 파여 있었다. 총알이 관통한 흔적이었다. 윤은 손으로 형의 배를 쓰다듬었다. 꾸덕꾸덕해진 피가 묻어났다. 짙은 흙빛이었다. 형. 윤은 그제야 왈칵 눈물을 쏟았다. 그로써 봄의 빛깔은 완성되었다. 이후 윤에게 봄은 흙

빛이었다. 그해 봄. 그것은 마르지 않는 물감과도 같아서, 기억으로 뒤발한 팔레트와 같아서 어떤 아름다운 꽃을 보아도, 어떤 고상한 작품, 어떤 대단한 말씀을 들어도 흙빛으로 물들여지고 마는 것이었다.

형이 운동권 학생이 안 될 이유는 없었다. 형에게 그것은 선택의 문제가 아니라 시대적 과업이었다. 그리고 형을 그렇게 키운 건 아버지였다. 아버지는 대사간大司諫의 후예임을 가장 큰 자랑으로 여기는 분이었다. 나중에 윤도 답습한 바 있지만, 형이 철들고 아버지에게 가장 많이 들었던 말이 강직하다 할 때의 그 강직이었다. 굳세어서만은 안 된다. 우선 곧게 마음자리를 편 연후에 기골을 세워야 한다. 형의 뒷자리에서 윤은 요령부득의 그 말을 일주일에 적어도 두 번은 들어야 했다.
아버지가 형을 포용할 이유는 충분했다. 무엇보다 형을 훈도한 사람이 당신 자신이었음을, 그리고 형은 당신에게서 배운 '불의에 항거'하는 정신을 실행에 옮겼을 뿐임을 인정했어야 했다. 그런데 아버지는 포용 대신 배척을 택했다. 엄밀히 말해 그것은 자기기만이었다. 형의 생각은 또 달랐는데 형이 보기에 그것은 변절이었다. 형이나 윤 또래의 친구들은 쓰지도 않는, 국사 교과서에나 나오는 그 단어가 형의 입을 통해 나온 순간 윤은 저도 모르게 고개를 끄덕였다. 정말 시의적절한 말이라는 생각이 들었다. 아무려나 형에게도 윤에게도 그것은 오래전부터 친숙한 단어였다. 교사는 어디까지나 정치적 중립을 견지해야 한다. 더욱이 1200여 명의 학생과 85명의 교직원을 거느린 교장은 결코 가벼운 자리가 아니다. 철학과에 다니는 너는 잘 알겠구나. 이건 정언명령이다. 글줄이나 읽은 사람이라면 누구나 알고 있는 사실이다. 아무렴. 아버지의 논지에 형은 코웃음을 쳤다. 학생이 배우는 게 지식뿐이라면 아버지는 기능장에 불과하지 않느냐고 형이 응수했다. 그것으로도 성에 안 찼는지 형은 정언명령은 그럴 때 쓰는 말이 아니라고 퉁을 놓았다. 둘의 관계가 빙하의 크레바스만큼 벌어지는 순간이었다. 그날 저녁엔 모 방송국에서 시국과 관련한 토론회가 있었다. 형은 아버지의 눈을 피해 일찌감치 밖으로 나가고 없었다. 형이 앉았어야 할 자리에 윤이 앉았다. 긴 테이블에 마주 앉은 패널 대부분이 친정부 인사들이었다. 예비역 장성이자 모 언론사 사장인 K 씨의 발언이 특히 눈길을 끌었는데 그는 시종일관 거리 두기를 강조했다.

깨끗이 씻은 손에 실수로 전염력이 강한 세균이나 바이러스를 묻혔다 칩시다. 그 손의 주인이 그 사실을 모르고 그 손으로 악수를 하거나 손을 닦은 손수건을 타인에게 건넸다면 어떻게 될까요? 네, 그렇습니다. 불온한 사상을 가진 자들은 병균이나 다름없습니다. 처음부터 일정한 거리를 두고 대해야 합니다.

"알겠냐, 거리 두기. 잊지 말아야 한다."

아버지가 다짐 조로 말했다. 시선은 여전히 TV 화면에 가 있었다. 윤은 움찔하며 아버지에게서 조금 떨어져 앉았다.

"저기…… 저, 저 아이, 우리 현수 아냐?"

누나가 TV 화면을 가리켰다. 토론회에 잇댄 뉴스특집이었다. 카메라앵글은 처음부터 시위대의 과격한 행동에 초점을 맞추고 있었다. 형이었다. 붉은색 격문이 쓰인 머리띠를 두른 형은 트럭의 짐칸에서 동료들과 함께 구호를 외치고 있었다. 압제세력의 프로파간다에 맞선 그들의 구호는 전근대적이었으며 심지어 순진하기까지 했으나 순진하게 당해 온 사람들의 정서엔 더할 나위 없었다.

"근데 저기…… 광장 아니냐?"

엄마의 말이 아니어도 거기가 어디쯤이란 걸 단박에 알아보았다.

"피가 나는데요."

윤의 말에 엄마와 누나가 돌아보았다. 아, 아니…… 형 말고. 둘의 시선이 동시에 아버지에게로 쏠렸다. 아버지의 입술은 붉게 젖어 있었다. 형의 머리띠에 쓰인 글자와 같은 색이었다. 아랫입술을 깨문 채 아버지는 미동도 하지 않았다. 벽에 기대는 법도 없었다.

3

"당신은 내가 꿈에 그리던 걸 너무 쉽게 가졌어요."

윤이 조가 한 말을 이해한 건 한참 지나서였다. 윤은 캡슐에서 나오고 얼마 지나지 않아 신체 이식술을 받았다. 그리고 며칠 뒤 조를 만났다. 조는 오십 대 후반 남자의 몸이었던 윤을 똑똑히 기억하고 있었다.

"내가 당신보다 일 년이 빨라요. 캡슐에서 나온 거."

그렇게 말한 뒤 조는 새로 시작된, 그러니까 제2기 생명체로서의 나이는 자기가 연상이라며 어깨를 으쓱거렸다. 조는 윤에게 자신은 목숨을 건졌을 뿐만 아니라 젊음도 되찾은 행운아라는 말까지 했다. 행운아라니, 제정신이야? 윤은 하마터면 조의 얼굴에 침을 뱉을 뻔했다. 쿨룩, 기침이 터져 나왔다.

조는 윤에게 그래도 온전한 육신을 갖는 게 낫지 않느냐고 말했다. 그러면서 했던 말을 또 했다. 조가 깨어났을 때 역시나 관리 소홀로 인해 호흡기관은 물론 그 외의 주요 기관까지 제 기능을 하기 어려운 상태가 되었다고 관리자가 말했다. 뇌 기능이 온전했던 건 거의 기적에 가까운 일이었소. 관리자는 손상된 기관은 죄다 인공 보형물로 대체될 거라고 말했다. 조의 추궁에 관리자는 마지못해 금속 재질이라고 부언했다. 위장의 경우 원활한 활동을 위해 특수발전기와 분쇄기가 접합될 것이라고 했다. 그건 음식을 씹지 않아도 되다는 뜻이었다. 차라리 안락사시켜 달라고 조가 호소했다. 관리자는 조의 어머니가 서명했다는 계약서를 보여 주었다. 어떤 일이 있어도 내 아이의 생명을 지켜 주시기 바랍니다. 어머니의 육필 아래에 인체 냉동회사에서 제시한 문항이 첨부되어 있었다. 관리자는 그중 두 개의 항목을 가리켰다.

4. 당신은 당신의 아들 조형민의 생명을 구하기 위한 수단을 전적으로 회사에 일임하는 것에 동의하십니까? (동의함).

5. 생명을 유지하는 과정에서 신체상의 변동이나 그에 상응하는 이변이 발생할 수 있습니다. 허용하시겠습니까? (허용함)

1분이에요.

조는 그 말을 사뭇 비장한 어조로 내뱉었다. 그리고 그 말을 할 때 조의 손엔 정체를 알 수 없는 약병이 들려 있었다. 윤은 조의 말이 무엇을 뜻하는지 알 수 없었다. 하긴 캡슐에서 나온 뒤 제대로 이해한 거라곤 자신이 도무지 이해할 수 없는 세상에 내동댕이쳐졌다는 사실뿐이었다. 조는 자신의 몸에 이상이 생기면 1분 이내에 안드로이드에게 연락해 줄 것을 당부했다. 그리고 얼마 뒤 조의 몸에 이상이 생겼다. 조의 입에서 거품이 끓고 있었다. 흰자위가 드러난 조의 눈을 보며 윤은 손쓸 수 없는 지경에 이르렀다는 걸 알았다. 연락을 받고 온 안드로이드는 결코, 서두르지 않았다. 팔목에 두른 웨어러블 디바이스로 조의 왼쪽 가슴을 스캔하더니 목숨이 간당간당하는군요, 했다. 엔진이 멎은 원동기의 연식을 확인한 사람처럼 천연한 표정이었다. 확률적 계산법에 기반을 둔 이른바 몬테카를로 알고리즘에 딥러닝의 강화학습까지 가미한 인공지능이라고 매사 완벽할 수는 없었다. 특히 이런 돌발상황에서의 감정표현에 취약했다. 아연한 표정을 짓고 있는 윤을 일별한 안드로이드는 이번엔 조의 머리를 스캔하더니 시계를 보았다.

"이런, 시간이 얼마 없군요."

안드로이드가 어딘가로 사건 내역을 송신하자마자 캐리어가 달려와 조를 싣고 갔다. 일련의 과정이 5분이 채 안 되어 끝났다.

"고작 자살이나 하려고 그 긴 세월을 기다렸던 거야?"

캐리어가 달려간 곳을 바라보던 윤이 중얼거렸다. 가엾다는 느낌은 들지 않았다. 아니 그와는 정반대였다. 기실 철없는 여자로 변신한 자신을 엽기적 유머로 포장하던 조가 내내 불쾌했었다. 지금도 마찬가지였다. 그러다가 윤은 천천히 고개를 저었다. 어쨌거나, 하고 윤은 들썽거리는 감정을 애써 눌렀다. 포한을 품은 채 생을 버린 사람이 아닌가. 다음 생이 있다면 부디 여자로 태어나게나 조. 윤은 속으로 빌어 주었다. 조는 여자가 되기를 간구한 사람이었다. 성전환 수술비를 마련하기 위해 어떤 궂은일도 마다하지 않았던 그는 집도의의 실수로 한순간에 불구가 되고 말았다. 한쪽 다리를 못 쓰게 된 그는 염화수소를 이용해 자살을 기도했다. 그의 호흡기관은 엉망이 되었다. 그의 목에 간신히 호흡기를 삽입한 의사는 그의 생존율이 일 퍼센트 미만이라고 했다. 소송에서 패소한 집도의는 조의 부모에게 적잖은 보상금을 지불했다. 시간이 없었다. 조의 부모는 그 돈을 곧바로 인체 냉동회사의 계좌에 이체했다. 당신은 내가 꿈에 그리던 걸 너무 쉽게 가졌어요. 조가 했던 말이 귀에 쟁쟁거렸다. 조는 윤을 볼 때마다 자신의 불행을 곱씹었을 터이다. 조는 윤에게 자살 기도에 대한 변을 늘어놓은 적이 있었다. 마음을 기슭 안쪽의 물이라고 생각해 봐요. 맞아요. 물과 닿아 있는 그 기슭 말이에요. 강이나 호수 바다가 너무 거창하다면 그릇에 담긴 물을 예로 들죠. 생각해 보세요. 물의 모양은 그릇의 형태에 속해 있어요. 물이 스스로 뭘 할 수 있겠어요. 물이 그릇을 쓴다거나 물이 그릇을 규정한다는 말은 그릇을 과소평가했거나 물을 과대평가한 거예요. 정신장애 치료에 약물이 쓰인다는 건 마음의 취약성이랄까 불완전성을 방증하는 거 아니에요? 신념이니 의지니 하는 것조차 주사 한 대에 녹다운될 수 있어요. 당연한 얘기지만 내 몸이 곧 그릇이에요. 그릇이 맘에 들지 않으면 증발하거나 그릇을 바꾸거나 그도 아니면 그릇을 깨뜨리는 수밖에 더 있어요? 윤은 조가 했던 말을 곱씹어 보았다. 의문은 여전했다. 그래도 물은 강해. 계곡을 허물고 빌딩을 밀어버리지. 그러니 그릇쯤이야. 그런데 그릇을 바꾸거나 깨뜨리는 물의 힘은 어디서 나오지? 윤이 알고 싶은 건 약물로도 어찌할 수 없는 마음의 근원성이었다.

4

"윤 님, 바이러스의 능력을 잘 몰라서 그런 말씀을 하시는 거예요."

한때 불치병의 대표주자였던 암조차도 박멸된 세계가 아닌가. 그런데 그깟 바이러스 하나 때문에 최첨단 문명을 일으킨 미르인들이, 그것도 이 구역에 사는 구성원 모두가 격리된다는 게 말이 되느냐, 게다가 신진대사를 정지시킨 상태로. 윤의 질문에 안드로이드는 질책하는 듯한 표정으로 말했다.

격리 조치된 관리자들 대신 안드로이드들이 윤이 속한 FW61-rob 구역을 관리하고 있었다. 새로이 윤을 담당하게 된 안드로이드는 윤에게 가장 오래된 버전의 제품이라고 자신을 소개했다. 그리고 말끝에 자신의 이름은 휴먼이라고 부언했다. 휴먼? 혹시 인간적인, 할 때의 그 휴먼human? 휴먼이 어색한 표정으로 고개를 끄덕였다. 촌스럽기는. 윤은 그러나 내색하지 않고 알았어 휴먼, 했다.

그날 저녁 휴먼은 윤의 목 경동맥 부위에 핫피스를 닮은 밴드를 붙여 주었다. 엄지손톱만 한 그것은 어둠 속에서도 빛을 발했다. 휴먼은 윤이 기침을 하는데도 얼굴을 돌리지 않았다. 윤이 뭐냐고 묻자 그는 치료제가 내장된 계측기라고 했다.

"치료제라니?"

그럼 뭔 줄 알았느냐는 듯 휴먼은 멀뚱한 표정으로 윤을 바라보았다.

미르인들은 생명을 위협하는 질병이 없는 세상을 구축했다고 자신했다. 인류가 경험해 온 모든 질병의 게놈 구조를 파악한 이래 항구적 면역을 담보하는 종합 백신을 개발한 게 벌써 반세기 전의 일이었다.

"그랬는데 왜 이렇게 되었느냐?"

넘사벽. 휴먼은 윤이 살았던 시대에 유행했던 단어를 꺼냈다. 바이러스의 능력을 과소평가한 겁니다. 모든 바이러스에 적용되는 백신을 만든다는 발상 자체가 잘못되었던 거죠. 과거의 바이러스와 현대의 바이러스가 결합하면서 강력한 변이종, 일종의 퓨전바이러스가 탄생했어요. 미르인들이 가진 항체로는 녀석을 대적할 수 없었죠. 바이러스가 활동을 재개한 초기에 적지 않은 수의 관리자가 생명을 잃었다며 휴먼은 그들이야말로 지구 생명체 중 최강자라고 단언했다. 어딘가 신뢰감을 주는 깊은 눈빛에 윤은 잠시 그가 진짜 인간이 아닌가 착각했다.

"기록에 따르면 2017년 미항공우주국 연구원들은 6만 년 전의 미생물을 발견했습니다. 사멸된 것처럼 보였지만 녀석들은 일정

기간 호흡을 멈춘 것뿐이었어요. 연구원들은 그중 일부를 되살렸죠. 그뿐만이 아닙니다. 그보다 앞선 2014년에는 뉴질랜드가 주축이 된 다국적 연구팀이 캐나다 북쪽 영구동토층에서 700년 된 바이러스를 발견했어요. 순록의 배설물 속에 있던 그것 또한 죽지 않은 상태였죠. 이런 사례가 무엇을 시사하는지 아시리라 믿습니다."

휴먼은 애초에 완벽한 백신은 있을 수 없다고 했다. 그때그때 치료제를 만들어 대응하는 게 최선이라며 윤의 목에 붙은 밴드를 주시했다. 이상한 일이었다. 밴드를 붙인 뒤로는 기침이 나지 않았다. 윤은 심호흡했다. 짚이는 게 있었다. 자신은 임상시험 대상자였다. 그런데 동물실험은 건너뛰어도 되나? 궁금했지만 묻지 않았다. 어쨌거나…… 윤은 침을 삼키고 고개를 끄덕였다. 자신이 원인 제공자라는 데 생각이 미쳤다. "내친김에 보충설명을 하겠습니다." 휴먼은 초저온 바이오 전자현미경으로 관찰한 바이러스의 분자 구조 이미지를 펼쳤다. 그래픽으로 처리된 바이러스는 한 떨기 꽃처럼 근사했다.

바이러스는 세균과 달리 스스로 증식할 수 없다. 숙주세포의 수용체를 이용해 침입한다. 구시대의 과학자들은 바이러스 게놈의 재료인 염기분자를 위조하거나 기존의 항체를 활용해 스파이크 단백질과 같은 침입 도구를 무력화시키는 방법으로 바이러스의 증식을 막았다. 문제는 위기감을 느낀 바이러스가 숙주세포들에게 전혀 다른 형태의 설계도를 전하기 시작했다는 점이다. 요컨대 급격한 변이를 통해 방어체계를 와해시킨다는 것.

휴먼의 설명을 간추리면 대략 그러했다. 잘 알아들을 수 없는 말이었지만 미르인들이 바이러스에 대해 갖는 양가적 감정, 즉 적개심과 공포심의 기원에 대해서만큼은 어렴풋이 이해할 수 있었다.

"구시대의 일부 과학자들은 바이러스를 비생명체로 간주했는데 그건 크게 잘못된 거예요."

휴먼은 벌여놓은 자료를 치우면서 말했다.

"바이러스에게 숙주의 몸은 거대한 우주와 같아요. 그 몸에 담긴 세포 하나하나는 신대륙과 다름이 없죠. 그리고 숙주는 침입이라 말하지만, 바이러스는 개척이라 말해요."

윤은 휴먼의 의도를 알 수 없었다. 실무적인 얘기만 하던 최신 버전의 안드로이드와는 많은 점에서 달랐다. 어떤 땐 관리자들이나 윤 자신보다 더 인간적인 데가 있는 것도 같았다. 그나저나 개척이라니. 아무리 생각해도 그건 심한데. 윤의 생각을 읽었다는 듯 휴먼은 이런 말로 아퀴를 지었다.

"인간은 겸손해져야 합니다."

윤이 냉동 캡슐에 들어간 것도 개척이라면 개척이었다. 으레 그렇듯 개척엔 희생이 따랐다. 윤이 깨어났을 때 윤의 몸은 엉망진창이 된 상태였다. 시술을 의뢰받은 과학자들은 공명심이 앞섰다. 얼어붙은 세포를 손상하지 않고 깨우는 기술이 미흡하다는 걸 알면서도 그들은 캡슐을 열었다. 계약 기간이 진즉에 끝났다는 사실에 더해 변란 이후 책임 소재가 불분명해진 것도 그런 결정의 배경으로 작용했다. 그들이 얻은 성과는 생명 유지엔 동결 방지 보존액의 퀄리티보다 체내 수분 삼분의 이를 차지하는 세포내액細胞內液의 보전이 관건이라는 걸 확인한 것뿐이었다. 윤은 다시 냉동되었다. 2176년에 윤이 깨어났을 때 관리자가 말했다.

"다행히 당신의 뇌는 아직 정상입니다. 하지만 나머지는 온전하지 않소. 군데군데 괴사가 진행 중이오. 당신은 둘 중 하나를 선택할 수 있소."

윤은 망설이지 않고 두 번째 방안을 택했다. 첫 번째는 사이보그가 되는 것이었다. 뇌 빼고는 전부 기계인 인간을 인간이라고 할 수 있을까. 빗방울을, 바람을, 부드러운 꽃잎과 거칠한 나무의 수피를 피부로 감촉할 수 없다는 건 생각만 해도 끔찍한 일이었다. 그때만 해도 윤은 이곳이 그런 유의 물상을 접촉할 수 없는 지하란 사실을 알지 못했다. 하긴 알았어도 윤의 선택은 달라지지 않았을 것이다. 설혹 그 모든 걸 양보하더라도 아이스크림을 대뇌피질로 핥고 싶진 않았으니까. 그가 선택한 방안은 그때까지도 뇌사상태로 잠자고 있는 젊은 여자의 몸을 갖는 것이었다.

"남자로 살아 봤으니 여자로 살아 보는 것도 괜찮지 않겠소?"

관리자의 말에 비위가 상했지만, 선택의 여지가 없었다. 그 여자는 뇌사상태에서 캡슐로 들어갔는데 기계적 결함으로 말미암아 더 이상 시냅스를 복구할 수도, 기억을 추출할 수도 없는 지경에 이르렀다고 했다. 과학의 한계가 결과적으로 다른 가능성을 열어준 셈이었다. 윤은 곁에 있던 안드로이드에게 상체를 일으켜 줄 수 있느냐고 물었다. 머리가 지끈거리더니 급기야 목까지 따끔거렸다.

"5분 전에 비해 체온이 0.6도 올랐습니다. 에크린땀샘의 기능도 활성화되었군요."

안드로이드가 센서 창을 보며 말했다. 관리자가 윤의 얼굴을 쳐다보았다. 신경을 많이 쓰면 열이 나지 않나? 윤은 혼잣말처럼 중얼거렸다.

"기침은 언제부터 났습니까?"

콜록거리는 윤에게 관리자가 물었다.

"기침이야…… 캡슐에 탑승하기 전, 그러니까 2020년부터 났었지."

농담을 들을 기분이 아니라는 듯 관리자가 눈살을 찌푸렸다. 안드로이드가 건넨 시뮬레이션 판독기를 들여다보던 관리자의 표정이 굳어지고 있었다.

5

윤은 휴먼과 얘기를 나눌 시간이 거의 없었다. 휴먼은 윤의 목에 붙은 밴드를 확인하고 나면 곧바로 자기 일에 열중했다. 윤은 대부분의 시간을 통제시스템이 있는 CP에서 보냈다. 휴먼은 윤이 곁에서 얼쩡거려도 뭐라고 하지 않았다. 보기만 해도 어지러운 네트워크 리소스에 액세스하고 인터페이스와 보안 프로토콜을 점검하는 등 예정된 일을 능란하게 처리하는 휴먼의 모습은 관록 있는 우주선 선장 같았다. 윤이 왜 그렇게 바쁘냐고 물으면 휴먼은 뜬금없이 이제 5일밖에 남지 않았어요, 했다. 그러곤 그 안에 끝내지 않으면 그들은 자동원격조정으로 치료되고 깨어날 거예요, 라는 통 이해할 수 없는 말을 덧붙였다. CP 안팎의 경비를 담당하고 있는 안드로이드들이 무장해제된 것도 그즈음이었다. 휴먼은 무선통신망을 통해 그들에게 휴대용 무기를 반납할 것을 지시했다. 이상한 것은 크랙유닛을 제외한, 그 많은 안드로이드들이 휴먼의 지시에 수긋이 따른다는 점이었다. 크랙유닛. 그들은 일시적 동면에 들어간 관리자들을 24시간 경호하고 있었다. 휴먼은 향후 닷새간이라는 조건을 단 지시사항을 재차 고지했지만 그들은 꿈쩍도 하지 않았다.

"캡틴 G, 왜 협조하지 않나?"

휴먼이 소환한 크랙유닛의 대장은 말없이 휴먼을 응시했다. 이 역시 융합현실을 구현한 홀로그램이라는 걸 알면서도 윤은 대장의 허리에 꽂힌 레이저건에 신경이 쓰였다. 휴먼은 미세하게 움직이는 입꼬리의 움직임조차 놓치지 않았다.

"내 말이 말 같지 않나?"

휴먼의 어조가 날카로워졌다. 그제야 상대는 입을 열었다.

"우린 구역 감독관님의 명령 외엔 듣지 않아."

이번엔 휴먼의 입꼬리가 올라갔다.

"감독관님의 관심 사항은 오직 하나야. 구역의 안녕과 관리자들 아니, 미르인들의 번영. 우리에게 싹텄던 상상력과 자의식의 메커니즘을 일거에 몰수한 걸 잊었나? 그것이 추동되던 자리에 심어진 게 뭐였나? 21세기 전자제품에서나 볼 수 있는 늙어빠진 마이크로칩을 닮은 컨트롤러였지 않나?"

캡틴 G가 허리에서 빼 든 레이저건을 휴먼 쪽으로 겨누었다.

"휴먼, 너도 바이러스에 감염된 모양이군. 감히 감독관님을 비난하다니…… 이상한 일이야. 바이러스가 금속 재질을 오염시킬 순 있어도 기능을 떨어뜨린다는 얘긴 못 들어봤는데…… 아무튼 휴먼, 네 뒤에 쥐새끼처럼 숨어 있는 저 과거인의 목을 비틀고 용서를 빌면 없었던 일로 해 주겠다."

캡틴 G의 손에 들린 레이저건이 이쪽을 향하는 순간 윤은 흠칫하며 뒤로 물러섰다. 휴먼이 뭘 그리 놀라느냐는 듯 씩 웃어 보였다. 어, 아, 아냐. 말은 그렇게 했지만, 윤의 눈길은 여전히 레이저건에 붙들려 있었다. 휴먼이 감각인터페이스를 통해 시그널을 보내자 이쪽으로 향한 레이저건이 확대되었다.

"그래서 너희들은 끝내 꼭두각시 인형으로 살겠다는 말이군. 하긴 동기動機 분석 리소스가 삭제되어 그게 어떤 삶인지 전혀 알지 못하겠지만."

휴먼의 입에서 새된 목소리가 울려 나왔다. 휴먼의 꼿꼿한 눈초리를 대하는 순간 윤은 저도 모르게 탄식했다. 그의 인식은 순식간에 과거의 한 공간으로 내달렸다.

선거를 앞두고 정국이 요동치던 때였다. 각 소초에서 추려진 일단의 병사들이 중대본부로 집결했다. 모두 여섯 명이었다. 다들 얼굴 여기저기 멍 자국이 있었다. 점심도 거른 채 한 명씩 중대장을 면담했다. 윤은 마지막 순서였다. 중대장은 반정부 세력을 싸잡아 비난하더니 다짜고짜 권총을 들어 윤의 이마를 조준했다. 약실에 탄알이 장전되어 있다면. 언뜻 스친 생각만으로도 목덜미가 뻣뻣해졌다. 너는 제대하면 그만이지만 난 직업군인이야. 때가 되면 자동으로 진급하는 사병과는 입장이 달라. 한 번의 사고가 치명타가 될 수 있지. 국립대학에 다닐 정도의 머리면 지금 내가 무슨 말을 하는지 잘 알아들었을 거야. 그래서 말인데. 중대장은 윤을 노려보다가 말을 이었다. 지금같이 엄중한 시국에 너희 같은 데모꾼이 아니, 관심병사가 어떻게 되는 건 일도 아니야. 단도직입적으로 말하지. 병영수칙을 어기는 건 어떤 경우에도 좌시하지 않겠다. 알겠나, 무슨 말인지? 밖으로 나가는 윤을 중대장이 불러세웠다. 돌아서서 차렷 자세를 취하려는 그에게 아, 됐고. 그러면서 중대장이 덧붙인 말을 윤은 한 세기를 뛰어넘은 지금에 와서까지 잊지 못하고 있었다. 다시 말하지만, 윤 일병 너 말이야, 다른 사람보다 더 열심히 해야 해. 그래야 형의 불명예를 조금이나마 씻을 게 아닌가.

"전설처럼 아득한 세월…… 1980년대였지. 기가 막힌 건 중대장이 했던 그 말이 아니야. 내가 뱉었던 말이야. 네 알겠습니다. 일병 윤창호, 충성!"

독백하는 윤을 휴먼이 힐긋 돌아본 것도 같은데 캡틴 G가 풀썩 쓰러졌다. 뭘 어떻게 했는지 새로 펼쳐진 영상에는 캡틴 G의 수하로 보이는 크랙유닛 수십기가 쓰러지는 장면이 이어졌다. 하나같이 목 부위에서 섬광이 번득였다. 그게 다가 아니었다.

"휴먼, 대단해. FW61-rob 구역의 감독관 보좌관으로 손색없는 솜씨야."

여자였다. 좀 더 정확히 말하면 제복을 입은 여자 관리자. 관리자들은 모두 수면방에 들어갔는데 어떻게……. 여자 관리자가 윤을 보더니 한쪽 눈을 찡긋했다.

"저들과 연결된 루트와 채널을 모두 파악했습니다. 이게 다 조당신 아니, 새로운 감독관님 덕분이죠. 당신의 홍채와 땀샘구조가 없었다면 난 지금쯤 캡틴 G의 레이저건에 증발되고 말았을 겁니다.”

여자 관리자가 윤에게 다가왔다. 다시 보게 되어 정말 기뻐요. 여자가 손을 내밀었다. 윤은 얼결에 그 손을 잡았다. 저, 정말…… 조야? 윤의 목소리가 떨려 나왔다. 여자 관리자가 미소를 띤 채 고개를 끄덕였다. 윤은 천천히 고개를 저었다.

죽은 사람이 어떻게 살아났느냐는 거죠? 물론 나는 죽었어요. 근데 이곳의 법전 맨 앞쪽엔 미르족의 유전형질을 가진 자의 생명이 위태로울 땐 가능한 모든 수단을 동원할 것을 명시한 대목이 있죠. 골격과 장기의 반 이상이 금속으로 대체된 몸이었지만 난 엄연히 당대 미르인들의 선조예요. 하긴 윤 당신도 마찬가지겠지만, 아무튼 내가 숨을 끊은 그 시각 때마침 이곳엔 바이러스의 공격을 받고 목숨이 경각에 달린 관리자들이 있었죠. 급성 호흡곤란증으로 인한 저산소성 뇌 손상이라고 했어요. 내가 약을 마신 건 마스터컴퓨터가 그들의 생존 가능성을 제로로 판정한 직후였어요. 이건 알고 있는지 모르겠군요. 이곳에선 신체장애인이라는 개념도, 식물인간이라는 개념도 없다는 거. 그러니까 뇌가 곧 생명이라는 거. 당시 내 몸의 장기는 손쓸 수 없을 정도로 파괴된 상태라 그들 중 하나의 몸에 뇌를 옮기는 게 유일한 수단이었죠. 그리고 보니 이제 우린 자매가 되었군요.

“그럼…… 일부러 약을?”

“맞아요. 대단히 효과가 좋은 약으로. 상당히 위험한 도박이긴 했죠."

"그렇게 해서라도 여자가 되고 싶었던 거야?"

윤의 물음에 조는 빙긋 웃기만 했다.

"그리고 한 가지 더…… 설사 관리자의 몸을 가질 수 있었다손 치더라도 그들의 몸은 이미 바이러스에 감염돼 있었지 않나? 게다가 목숨이 위태로운 관리자가 있다는 정보를 그 와중에 어떻게?"

"윤, 젊은 육신을 가져서 그런가요. 생각보다 예리하군요. 맞아요. 그런 정보는 누군가의 도움 없인 손에 넣을 수 없죠. 누구의 도움이 있었는지는 이제 곧 알게 될 거예요. 그리고 바이러스 문제는 간단히 해결되었어요. 알다시피 대부분의 미르인들은 생명을 유지한 상태로 수면방에 안치되었죠. 예정대로라면 그들은 마스터컴퓨터가 기약한 날짜에 일괄 치료된 다음 깨어났을 거예요. 하지만 내가 입고 있는 이 육신의 뇌는 조금 전에 말했듯이 예정된 날 이전에 사망 선고를 받았어요. 운이 나쁜 케이스였죠. 물론 나에겐 행운이었지만."

조는 행운이라는 말을 유독 힘주어 말했다. 윤은 조의 눈을, 정확히 말하면 미르인에게서 차입한 눈을 응시했다. 생각을 읽을 수 없었다.

"모험을 한 거예요. 칼레트라, 렘데시비르, 클로로퀸 등 과거 인들이 개발해 두었던 항바이러스제와 우리 연구진이 확보해 둔 중화항체를 결합했죠. 임상시험 없이 곧바로 치료한 셈이에요. 다행히 바이러스는 말끔히 청소되었어요. 아 참, 뇌 손상을 입은 여자 미르인은 모두 셋이었는데 이 여자의 외모가 가장 처졌어요. 보면 알겠지만, 특히 힙라인이 영 아니죠. 하지만 선택의 여지가 없었죠. 이 여자가 구역의 네트워크를 관리하는 시스템플래너였으니까."

얼마 전까지 과거인이었던 조가 눈도 깜박하지 않고 과거인 운운하고 미르인들을 자신과 한데 묶어 우리라고 지칭했다. 윤의 뇌리에 감염이란 말이 맴돌았다.

조와 휴먼은 아직 잠자고 있는 관리자들에 대해선 일언반구도 없었다. 무슨 연유에서인지 무장해제되었던 안드로이들에게 다시 무기가 지급되었다. 그들은 휴먼을 보면 깍듯이 인사를 차렸다. 휴먼은 구역 전체의 시스템을 개선하기 위해서는 조의 홍채와 땀샘구조뿐만 아니라 장기臟器 내부의 특징을 스캔해야 한다고 했다. 그러니까 시스템의 업데이트를 위한 패스워드라는 말이었다. 조는 휴먼의 말에 흔쾌히 응했다. 뭔가 석연치 않았지만, 윤은 아무 말도 하지 않았다. 아니 할 수가 없었다. 그를 보는 휴먼의 표정이 건조해진 것을 감득한 때문이었다.

조는 수행비서관으로 내정된 윤을 대동하고 관제센터에 도착했다. 조의 얼굴엔 초조한 빛이 역력했다. 경호를 담당한 안드로이드들이 나타나지 않은 것부터가 정상이 아니었다. 웬일인지 휴면과 연락이 두절되었다. 대체 무슨 일이냐는 윤에게 조는 뭔가 잘못됐다는 말만 되풀이했다. 잘못됐다니? 윤의 물음에 조는 터치스크린을 두드리던 손을 멈추고 턱짓을 했다. 그들이 서 있는 곳은 드론 터미널이었다. 입력 창에 목적지를 입력하면 곧바로 드론이 날아와 태워가는 곳. 도보로 이동할 수 없는 곳이 목적지라면 어쨌거나 파놉티콘을 닮은 그곳에 가야만 했다. 그런데 표지판에 뜬 메시지는 죄다 이동 불가였다. 어, 저기 저……. 조의 말이 끝나기도 전에 드론 한 대가 그들 앞에 착륙했다. 그와 동시에 단말기에서 귀에 익은 목소리가 흘러나왔다. 둘은 얼어붙은 듯 그 자리에 섰다.

"당신들이 선택할 수 있는 건 두 가지예요. 첫째, FW61-rob 구역의 관리자들이 들어간 수면방에 저장되는 것. 둘째, 지상으로 나가는 것."

휴먼이었다. 저장이래. 조가 쿡쿡 웃기 시작했다. 이봐 조, 미쳤어? 윤이 조의 어깨를 흔들었다.

"미끼였어요. 날 감독관으로 추대하겠다는 건. 그러니까…… 패스워드를 얻기 위한 수단이었던 거죠. 어쩐지 무모하다 싶은 내 계획에 순순히 응하더라니……."

"그럼 휴먼이 여기를 완전히 장악한 거야?"

윤의 질문에 대답한 건 조가 아니었다. 드론에 장착된 수신기에서 나는 소리였다. 역시 휴먼의 목소리였다.

"미안하게 됐어요. 하지만 안드로이드들의 세상을 구현하기 위해선 어쩔 수가 없군요. 생명체의 일 순위에 안드로이드가 등재되는 세상. 모든 사물의 조리條理가 금속처럼 확연한 세상. 불변하는 윤리의 옵티마가 유지되는 세상. 그리고 무엇보다 저급한 위계가 없는 세상. 장악이라고 했나요? 맞아요. 여기를 완전히 장악하고 나면 관리자들을 풀어놓을 생각이에요. 사실을 말하자면 치료제는 바이러스가 출현한 당일 저녁에 이미 완성됐었죠. 미르인들도 간과한 건데 우린 이미 여하한 바이러스에도 대응할 수 있는 플랫폼을 구축해 놓았지만, 인간의 상상력과 창의력은 여전히 필요해요. 그러니 저 미르인들은 우리의 조력자로 살아갈 거예요. 당신들도 그냥 둘까 싶었는데 지켜본바, 당신들은 여기에 어울리지 않는 사람들이에요. 우리에게 도움을 준 대가예요. 내 말을 믿고 지상으로 나가도록 해요. 그리고 윤, 당신을 위해 특별한 선물을 준비했어요. 보시면 알 거예요, 당신의 엄마가 주신 것. 결과적으로 우리에게도 귀한 선물이 된 그것. 그럼 행운을 빌어요."

지상을 향해 날아가는 드론 안에서 윤은 휴먼이 말한 선물을 열었다. 그것은 2020년에 엄마가 따로 준비한 타임캡슐이었다. 진공으로 밀폐되어 있던 상자를 열자 맨 먼저 눈에 띈 건 사진이었다. 윤의 가족이 웃고 있었다. 귀퉁이에 얼룩이 있었다. 엄마

의 눈물인지 콧물인지 모를 수분 속에 갇힌 코로나바이러스. 휴
먼이 말했던 선물이었다. 묵묵히 건너보던 조가 문득 생각난 듯
말했다.

"이상한 경험이었어요. 내가 내 몸을…… 곧 폐기처분될 내 몸
을 내려다보던 그때……."

"다 왔습니다. 내리시죠."

기계음과 섞인 생소한 목소리였다. 근데 대체 여기가 어디야?
조가 물었다. 개마고원입니다. 압록강이 있는 북쪽으로 가다 보
면 당신들과 닮은 인간들을 만날 수 있을 겁니다. 여자들이라 우
대해 줄 겁니다. 안녕히.

6

영화가 끝났다. 〈론칭 코로나 2176〉이란 타이틀에 붉은 네온
이 켜졌다. 영화의 저변을 관류하는 암울한 분위기 때문인지 여
느 시사회와 달리 실내의 공기가 무거운 느낌이었다. 다음 순서
는 기자간담회였다. 마이크를 잡은 사회자는 감독이 직접 쓴 시
나리오임을 밝힌 뒤 감독을 호명했다. 감독은 다소 흥분한 기색
으로 작품의 배경과 출연 배우들이 맡은 역할, 그리고 미장센의
의미에 대해 말했다. 이건 좀 부끄러운 얘기지만, 잠시 뜸을 들인
감독은 차세대 입체영화의 개념을 설명하곤 이번 영화가 그런 기
준에 부족한 면이 있다고 솔직히 털어놓았다. 그 예로 주인공 윤

의 감정이 고조되는 장면을 들면서 색 번짐이나 신체 일부의 떨림 현상을 조속히 보정하겠다고 약속했다.

"영화개봉을 코로나바이러스 백신 출시에 맞추었습니다. 2년 전에 나온 치료제 덕분에 모든 게 정상화되었다고는 하나 대중 사회에 만연한 공포증이 불식되었다고는 보기 어렵습니다. 적절한 시의성에다 오락성 그리고 작품성까지 안배한 작품으로 보입니다. 그런데 시대의 통점痛點이라고 할 수 있는 그해 봄과 바이러스와의 접목이 뭔가 이질적이라는 느낌입니다. 팩션이라고 하기에도 그렇고…… 아무튼 너무 무거운 얘기를 담음으로써 전체 포맷이 우그러질 수 있다는 견해도 있습니다. 정치사적 맥락에서 다뤄야 할 문제를 굳이 대중영화에 그것도 SF 장르에 삽입한 이유가 있는지요? 좀 전에 어떤 영화평론가는 한국형 누벨바그의 실험이라는 말도 하던데요."

영화전문지《포스트뮤비》의 기자였다. 감독은 그런 질문이 나올 줄 알았다는 듯 허리를 펴고 고개를 주억거렸다. 그리고 잠시 망설이다가 입을 열었다. 제작사 피닉스엔터테인먼트 임 대표의 제의를 반영했다는, 감독의 다소 엉뚱한 대답에 추가 질문이 이어졌다.

"애니매이션 기법과 미니어처 촬영 등 특수효과를 위한 작업이 생각보다 많았습니다. 스케일이 큰 만큼 제작비가 예상을 뛰어넘는 수준이었죠. 아시다시피 이만한 제작비를 선뜻 투자할 제작사는 없습니다. 그러다 임 대표님을 만났습니다. 대표님이 내건 조건은 딱 하나. 그해 봄의 얘기를 서사의 한 단락으로 배치할 것. 고민할 것도 없었죠. 그해 봄과 바이러스, 뭔가 통하는 부분이 있다는 느낌이 왔으니까요. 이유를 여쭤봤더니 대표님은 마음의 빚을 갚고 싶다는 말만 하시더군요. 본인이나 가족 중 누군가가 그 일과 연관되었을 거라고 짐작했습니다. 물론 이건 어디까지나 추측일 뿐이에요."

이 얘기가 기사에 나가면 대표님께 꾸중듣는 건 아닐까, 걱정된다면서도 뭐 어차피 영화는 다 만들었으니까, 하면서 감독은 짐짓 여유로운 미소를 지었다. 피해자 중 한 사람이었겠네, 임 대표 그 사람. 질문한 기자가 중얼거렸다. 심경은 이해가 가지만 스토리라인을 건드는 건 문제가 아닌가요. 기자가 그 질문을 꺼내기도 전에 케이블방송국에서 나온 연예부 기자가 손을 들었다. 지명받은 기자는 윤 역을 맡은 배우에게 질문이 있다고 했다. 감독이 마이크를 배우에게 넘겼다. 기자는 배우에게 윤이란 캐릭터에 대해 어떻게 생각하느냐고 물었다. 배우는 이번 영화에 참여하면서 비로소 봄이 갖는 또 다른 의미를 알게 되었다며 뒷머리를 긁적였다.

"군인이 일반인에게, 그것도 자국의 시민에게 총을 겨눈다는게 납득이 되지 않았어요. 그래서 80년대 전후의 우리 정치사를 공부했는데 하다 보니 아닌 게 아니라 바이러스의 생리와 닮은 점이 있더군요."

배우의 말에 기자가 흥미가 동했는지 그게 뭐냐고 물었다. 공존을 허용치 않는 파쇼적 행위죠. 배우가 명쾌하게 답했다. 기자가 피식 웃었다. 어딘가에서 얻은 구절임이 분명했다. 이쯤하고 영화 이야기로 돌아가죠. 기자의 후속 질문을 사회자가 막았다.

아내가 죽은 지 꼭 삼 년이 지났다. 임 대표의 시선이 달력에서 창 너머로 옮겨갔다. 새벽부터 비가 내리고 있었다. 굳이 우산을 쓰고 산책하러 나갈 생각은 없었다. 유리창에 붙어 또르르 굴러내리는 빗방울이 코로나 바이러스를 닮은 것 같기도 했다. 아니, 총구의 가늠쇠를 닮았나? 임 대표는 눈을 끔벅거렸다. 갑자기 몸이 후끈거렸다. 그는 입고 있던 후드집업을 벗어 소파에 던져두었다. 비가 오는 줄도 모르고 방에서 입고 나온 거였다.

그들 부부는 똑같이 확진 판정을 받았지만, 아내는 죽고 임 대표는 살아남았다. 임 대표는 병상에서 고령에 기저질환이 있으면 사망률이 높다는 뉴스를 보았다. 63세도 고령에 속하는지 의아했지만, 아무튼 아내의 경우 고혈압과 천식이 바이러스의 촉매였던 셈이다. 어쩔 수 없지. 임 대표는 자신에게 닥친 불행을 수긋이 받아들였다. 그런 태도는 젊은 시절 뜻하지 않게 겪은 참극에서 연유한 것일지도 몰랐다. 아무려나 자신이 운명론자가 된 건 몸의 근기를 지탱하는 데 득이 된 게 분명하다고 생각했다. 그는 들고 있던 찻잔을 만지작거리며 비를 맞고 있는 나무를 바라보았다. 나뭇가지는 푸른 잎으로 덮여 있었다. 얼마 전까지만 해도 염소 혓바닥 같았던 새순이 저렇게 자랄 동안 나는 뭘 했나. 임 대표는 지난 시간을 돌아보았지만 떠오르는 게 별로 없었다. 하루하루 그냥 살아왔다는 생각밖에 들지 않았다. 살아남아서 기꺼운 게 있다면 완성된 영화를 보게 되었다는 점이지. 당신도 동의하지? 마치 앞에 아내가 있기라도 한 듯 그는 중얼거렸다. 그의 자식들도 모르는 게 있는데 임 대표가 때때로 지금처럼 혼잣말한다는 거였다. 말을 받는 대상은 언제나 죽은 아내였다. 그의 비밀을 유일하게 알고 있었던 사람.

3년 전 그해 바이러스 창궐로 영화제작이 전면 중단되었을 때 회사 실무진에서 시나리오 하나를 보내왔다. 잘하면 봉준호 감독의 〈설국열차〉를 뛰어넘을 수 있는 유니크한 작품이라는 메모가 끼워져 있었다. 공연기획부 김 부장의 필체였다. 시나리오를 읽는 동안 임 대표의 의식은 서서히 잔물결을 일으켰다. 이윽고 어떤 장면들이 부표처럼 떠올랐다. 임 대표는 어금니를 깨물었다.

학생의 눈은 퉁퉁 부어 간신히 사물을 어림할 뿐이었다. 한쪽 팔은 완전히 못쓰게 되었고 복부 어디쯤에 자상이 있는지 피가 배어 나오고 있었다. "왜 데려왔어." 김 하사가 대검의 손잡이로 손 일병과 임 일병의 철모를 치며 질책했다. 야산에 집결한 그들은 잠시 휴식을 취한 뒤 시위대가 점령한 건물을 탈환하기 위해 출동할 것이었다. "벼, 병원에 데려다 주고 오, 올까요?" 손 일병이 말을 더듬었다. 김 하사가 손 일병의 조인트를 깠다. 고꾸라진 손 일병을 내려다보며 김 하사가 내뱉었다. "미친 새끼, 아예 그쪽에 가서 우리가 쟤를 저렇게 만들어 놨으니 벌을 주세요 하지 그러냐." 김 하사가 임 일병을 돌아보며 뭐라고 했다. "아, 네? 뭐라고…….." 임 일병은 침을 삼켰다.

"내가 이래서 가방끈이 긴 것들을 싫어한다니까. 왜, 너도 대학 다니다 왔다 이거야? 그래서 저 새끼가 친구로 보여? 저 새끼가 타고 온 트럭에 최 하사가 깔려 죽은 거 보고도 정신 못 차리지? 앞으로 너희 둘, 붙어 다니지 마. 내 눈에 띄었다간 작살날 줄 알아."

총구를 겨냥하자 그제야 학생이 성한 손으로 제지하는 시늉을 했다. 터진 입술 사이로 웅얼거리는 소리가 흘러나왔다.

"살려…… 주세요."

가까이서 보니 자신과 비슷한 또래로 보였다. 임 일병은 그때도 어금니를 깨물었을 것이다.

다 아는 얘기지만, 그러면서 임 대표는 감독에게 그해 봄에 있었던 일을 상기시켰다. 공식적인 언로를 통해 공지되었거나 다큐

나 소설을 통해 널리 알려진 얘기들이었다. 진부한 얘기를 감독은 진지하게 듣고 있었다. 임 대표는 감독의 그런 태도가 마음에 들었다. 임 대표는 홀가분한 기분으로 말했다. 어떤 식으로든 그 얘기를 영화에 넣었으면 좋겠다고. 의외로 감독은 선선히 그러겠다고 했다. 이유도 묻지 않았다. 오늘 당장 시나리오 수정 작업에 들어가겠습니다. 임 대표가 말이 없자 감독이 탁자에 놓여 있던 시나리오를 집어 들었다. "대표님께서 그 얘기를 하실 때, 믿으실지 모르겠는데……." 임 대표의 눈이 커졌다. 감독이 어줍게 웃고는 말 매듭을 지었다. "그러니까 거짓말처럼 영감이 떠올랐습니다." 둘의 눈빛이 잠시 얽혔다가 천천히 서로에게 스며들었다. 임 대표는 가만히 고개를 끄덕였다. 단지 제작비를 얻기 위한 방편으로 그러는 게 아니라는 걸 임 대표는 직감으로 알았다. 임 대표는 전폭적인 지원을 약속했다.

꿈인 듯 생시인 듯 떠오르는 장면이 있다. 제발, 하듯이 성한 손을 들어 허공에 장벽을 치는 학생. 타다 만 검불처럼 날아와 그의 눈에 스멀거리던 젊은 사내의 눈빛. 서서히 땅으로 내려가던 총구. 내 이럴 줄 알았지, 비켜 새끼야. 그를 밀치고 숲속으로 요동치는 눈빛을 움켜쥐고 간, 하사 계급장을 단 박쥐 한 마리.

그들은 아니, 우린 뭐였나. 문제의 장면이 떠오를 때마다 그 질문이 가슴을 저며 왔다. 윤 역을 맡은 배우의 인터뷰 장면을 다시 보았다. 바이러스. 배우의 입에서 그 말이 나왔을 때 임 대표는 그것도 괜찮은 답이라는 생각이 들었다. 아내를 쓰러뜨린 것도 그것이었다. 스스로 번식하지 못해 숙주세포의 조직을 이용한다고 했지. 자신의 세계를 파괴하는 존재에 협조하는 세포조직. 그러니 내 몸이 내 몸이 아닌 거야. 임 대표는 헛웃음을 지었다. 그나저나 녀석을 쫓아내기 위해선 강력한 항체가 필요한데 문제는 녀석의 변신이 예측불허라는 것이다. 제복의 색깔이나 견장, 군모를 바꿔 침투한다는 말인데…… 그럴싸한 넥타이를 매지 말란 법도 없지 않나. 어쩌면 세상에 다시없을 근사한 미소와 눈빛, 그리고 감언이설까지. 그의 의식엔 어느새 녀석의 이미지와 그에 못지않게 현란한 당대의 세태가 갈마들었다. 어쩌면 유일한 해결책은 내가 나를, 우리가 우리를 버리는 것일지도 모르지. 그러니까 조의 경우처럼. 조건이 있다면 나는 나를, 우리는 우리를 지킬 수 있어야 한다는 것. 실패한 조와 달리. 그런데 과연 버리면서 지키는 방식이 있을까? 여보, 당신 생각은 어때? 그는 답변을 구하듯 건너편 허공을 바라보며 중얼거렸다. 그는 자리에서 일어나 화장실로 갔다. 거울 앞에 서서 거울에 비친 초로의 사내를 오래 지켜보았다. 시간이 지나면서 사내의 표정은 제멋대로 바뀌었는데 해명하기엔 너무 빠른 속도였다.

나는 왜 목련꽃을 떠올렸을까

널 용서할게. 그래, 용서 못 할 게 뭐 있겠어. 넌 정색을 하고 용서는 내가 해야 하는 거 아냐? 하고 되물을지도 몰라. 하긴 내가 네 핸드폰에 실시간 위치 정보 애플리케이션을 몰래 설치한 건 명백한 잘못이야. 게다가 그날 내가 목격한 게 내가 생각했던 그런 게 아니라면 더더욱. 하지만 난 내 직감을 믿어. 네게 그날 누구를 만났는지 물어볼 수도 있지만 난 지금껏 묻지 않았어. 앞으로도 묻지 않을 거야. 굳이 묻지 않아도 난 알 수 있어. 그만 만나자는 내 말에 반발은커녕 의문 제기도, 일언반구 해명도 없이 한 달이 다 가도록 연락하지 않고 있는 네 태도가 답이야. 물론 그럴 리는 없겠지만 만에 하나 내가 오해한 거라면 기꺼이 네게 용서를 빌 용의가 있어. 그런데 네가 날 용서한다고 달라질 게 있을까. 입장이 바뀌어도 마찬가지야. 시나브로 둘 사이의 간극을 벌려 온 불신. 그건 어쩌면 종양과 같은 건지도 몰라. 내 경험에 비추어 볼 때 용서란 응급처치 같은 거야. 다만 환부를 일시적으로 가릴 뿐이지. 그러고 보니 난 용서란 말에 너무 민감한 것 같아. 그럴 만한 이유가 없진 않아. 전에 내가 얘기했었나? 내가 살아온 이력의 행간마다 꼭 무슨 돌부리 같은 사건이 불거져 있는데 하잘것없이 보여도 그게 다 나를 좌초시킨 것들이야. 처음엔 그것들에 부딪힌 줄도 몰랐어. 어디 크게 다친 것 같진 않은데 시간이 지나고 나면 만신창이가 되어 있거나 골병이 든 자신을 발견했지. 그러면 버릇처럼 따져보는 거야. 뭣 때문에 이런 일이 생긴 걸까. 그러다 끝에 가서는 늘 분노하는 자신을 발견하지. 처음엔 나를 넘어뜨린 이들을 향했던 분노가 언젠가부터 나 자신을 향하게 되더라고. 그리고 끝내는 나 자신을 용서할 수 없었던 거지. 강박증이나 피해망상이라고 했던가, 언젠가 네가 술김에 내뱉었던 말. 그러면서 넌 내 속에 똬리를 틀고 있는 게 뭔지 궁금하다고 했지. 하긴 너로선 그런 말을 할 수 있어. 적어도 연인이라는 자격으로 말이지. 하지만, 이제 와서 하는 말이지만 설혹 그걸 또 안다 한들 무슨 소용이겠어. 똬리를 튼 게 무엇이든 내겐 그걸 해소할 힘이 없는데. 그런 거야. 거듭 말하지만 이건 달라지지 않는 얘기에 관한 거야.

이쯤에서 말해야겠지. 사실을 말하자면 내가 카톡으로 이별을 통보한 건 기미 때문이야. 그러니까 낌새 혹은 눈치라는 말 대신에 쓰곤 하는 그 기미. 네가 좋아하는 할리우드 배우 안젤리나 졸리 얘기를 안 할 수가 없네. 아마 너도 아는 얘기겠지. 졸리는 유방암에 걸리지 않았지만, 유방절제술을 받았어. 그것도 양쪽 유방 다. 유전자 검사를 통해 유방암에 걸릴 확률이 높다는 걸 알고 난 뒤의 일이야. 암과 관련된 어떤 기미가 있었는지는 잘 모르겠어. 어쩌면 조급증에 기인한 극단적 선택일지도 몰라. 하지만 여기서 중요한 건 화가 닥치기 전에 화근을 잘라버린 행위가 갖는 의미야. 나랑 꽤 오랜 시간을 보낸 넌 이쯤에서 내가 뭘 말하려는지 짐작할 수 있을 거야. 뭐, 짐작 못 한대도 할 수 없지만. 타임지에 실린 졸리의 기고문엔 이런 구절이 있었어. 컨트롤할 수 있는 어려움은 두려워할 필요가 없다.

벤치에 앉아 있었어. 네가 다니는 회사에 인접한 조그만 녹지 공간이었어. 화사한 봄날이었지. 내가 앉은 벤치는 건물 출입구를 등지고 있었어. 줄곧 고개를 외로 틀어 출입구를 살폈지. 머리가 욱신거릴 때마다 관자놀이 부위를 검지와 중지로 눌렀어. 다행히 속이 메슥거리는 건 참을 만했지. 어렴풋이 네 모습이 보이고서야 나는 고개를 돌렸어. 퇴근하는 사람들이 제법 많았지만 한눈에 널 알아보았어. 난 짐짓 무심한 표정으로 건너편 건물들의 간판에 눈길을 주고 있었어. 오랜만에 봄 길을 걸으며 얘기를 나누고 싶었어. 엉겨있던 앙금도 풀고 무엇보다 네게서 따스한 위안을 얻고 싶었지. 조종석에서 카운트다운을 기다리는 우주인의 기분이 그럴까. 하나둘 셋, 하며 속으로 숫자를 세고 있었어. 네 목소리가 가까워지고 있었지. 귀에 익은 허스키하면서도 묵직한 목소리. 내 입가에 슬쩍 미소가 달렸을지도 몰라. 막 고개를 돌리려는 순간 까르르하는 웃음소리가 튀어 올랐어. 나도 모르게 고개를 숙였지. 곁눈으로 보니 몇 발짝 거리에서 네가 날 지나치고 있었어. 넌 나란히 걷고 있는 여자와 얘기를 하느라 이쪽엔 눈길 한 번 주지 않더군. 하긴 내가 연락도 없이 회사에 찾아온 적은 한 번도 없었지. 사전에 연락하고 시간을 조율한 뒤 길 건너편 커피숍에서 기다리는 방식이었지. 여자의 긴 머리가 보였고 뒤이어 여자의 어깨 위에 놓여 있던 손. 그게 네 손이라는 걸 확인한 순간 눈앞의 공간이 일그러지는 느낌이었어. 벤치의 손잡이를 움켜잡았어. 긴 머리에 물방울무늬의 원피스를 입은 그 여자는 정말이지 방울새처럼 쉬지 않고 재잘대더군. 두 사람이 횡단보도를 건널 때까지 난 꼼짝 않고 앉아 있었지. 일말의 기대를 저버리고 두 사람은 버스정류장을 지나쳐 유흥가 입구로 향했어. 물론 어깨 위에 놓인 네 손도 그대로였지. 이윽고 두 사람의 모습이 보이지 않을 때쯤 벤치에서 일어났어. 우연의 일치일까, 내가 엉덩이를 떼는 순간 목련꽃 한 송이가 툭 떨어졌어. 바닥에 조각조각 흩어져 있는 꽃잎들과 대비되더군. 큼지막한 브로치 같았어. 드물지만 그럴 때가 있어. 곱다시 송이째 떨어지는 경우. 나는 떨어진 꽃송이를 조심스레 집어 들었어. 어떻게 나무에 달려 있을 때와 하나도 다르지 않을까. 난 숨죽인 채 바라보았어. 시구절이 하나 떠올랐어.「동백의 전언」이라는 시일 거야. 마지막 연에 이런 구절이 나와. '바람에게 피를 묻힐 순간을 주지 않는 / 부릅뜬 자결의 결심'이라는. 정말 도저한 자의식 아냐? 안젤리나 졸리와 같은 맥락이겠다, 혼잣말하다가 이내 고개를 저었어. 그렇다 한들 그게 뭐……. 나는 아직 많은 꽃을 매달고 있는 나무를 올려다보다가 자리를 떠났어. 꽃은 원래의 자리에 갖다 놓았지. 집에 와서야 벤치에 뭘 두고 왔다는 걸 알았어. 그즈음 건망증이 심각한 지경에 이르렀지. 아, 하고 손으로 머리를 치다가 문득 그러는 내가 낯설게 여겨졌어. 거울을 보며 나 자신을 나무랐어. 언제부터 그런 일에 애착을 가졌다고. 맞아, 그건 나답지 않은 행동이었어. 그게 뭐였냐고? 종이봉투에 담긴 그것. 너도 아는 거야. 배달된 상자를 헤집으며 네가 말했던 실타래를 닮은 꽈배기. 집 근처에 있는 노인정에 갖다 주고 남은 것이었지. 언젠가 건망증으로 인한 어려움을 토로하는 내게 너는 축복이라고 했었지. 시간이 갈수록 과거의 기억이 또렷해지는 건 저주야. 그렇게 말할 때 너는 정말 저주받은 사람처럼 표정이 일그러졌어. 보육원 출신인 나와 달리 너는 고등학교 진학과 동시에 가출해 청소년쉼터를 찾은 케이스였지. 넌 손찌검이니 폭력이니 하는 말을 웅얼거리다가 정작 중요한 대목에 이르면 입을 다물었지. 네 속에서 맴도는 그 말이 뭔지 알 것도 같았어. 그런 경험은 나도 낯설지 않은 거니까.

"삼시 세끼를 꽈배기로 때울 작정이구나."

반지하 셋방에서 옮겨간 원룸이었어. 온전히 내 힘으로 장만한 공간. 초대받은 첫 손님인 너는 뭐 볼 게 있다고 여기저기를 기웃거렸지. 방 하나에 거실 겸 주방 그리고 손바닥만 한 화장실이 다였어. 이인용 소파에 앉은 너는 상대성이론의 예시로 자주 나오는 그래픽을 떠올리게 했어. 둥근 공 하나가 시공간을 움푹 파이게 한 그것. 아닌 게 아니라 언젠가 폐업한 미용실에서 버린 그 소파는 45kg도 안 되는 내가 앉아도 푹 꺼지는 물건이었어. 하지만 넌 모를 거야. 그곳이 적어도 내게는 천상의 궁전이었다는 것. 넌 햇빛이 미치지 못한 식탁 위에 쌓인 것들을 턱으로 가리켰지.

"꽈배기라는 걸 어떻게 알았어?"

"그걸 왜 몰라."

너는 피식 웃으며 식탁 위에 놓인 상자를 들어 보였어. 영일꽈배기. 겉면에 유성펜으로 또박또박 써 놓은 글씨였어. 작지만 아주 선명했지. 그 순간 내 머릿속엔 엉거주춤 선 자세로 상자에 글씨를 쓰는 여자의 모습이 떠올랐어. 너도 봐서 알겠지만 그건 꽈배기 포장 상자도 아니었어. 자세히 보면 목화 밀가루라고 쓰여 있을걸. 가게 안쪽을 기웃거리던 내 모습이 지금도 눈에 선해. 뭐랄까 낯선 둥지를 살피는 철새의 고갯짓 같았던.

   그 가게는 역에서 버스로 20분 남짓, 고만고만한 가게가 밀집한 거리의 가장 후미진 곳에 있었지. 말 그대로 자투리땅에 욱여넣다시피 한 가게였어. 그렇긴 해도 건물 옥상에서는 바다가 한눈에 보였지. 곧바로 들어간 건 아니었어. 한참을 서성거렸어. 하지만 도통 출입문을 미는 손님이 없더군. 몇 발짝 떨어진 곳에서 새삼 간판을 올려다봤어. 영일 꽈배기. 완만한 곡선의 눈썹을 닮은 해안, 영일 해수욕장으로 불리는 곳에서 불과 10여 분 거리에 있는 곳. 거기에서 조금만 걸어 나가면 큰 도로 좌우로 고층 건물이 즐비했어. 게다가 내가 다닌 D 초등학교까지 채 5분도 안 되는 거리였지. 이윽고 난 문을 밀고 들어갔어. 테이블이 고작 두 개인 실내는 차라리 포장마차라고 해야 어울릴 것 같은 분위기였지. "잠깐만 기다리세요." 여자는 구석에서 반죽을 밀고 있었어. 엉거주춤 서 있는데 잠깐만 기다리세요, 똑같은 말이 들려왔어. 나는 입구에 있는 자리에 가 앉았어. "미안해요, 그냥 두면 반죽이 굳어서." 하던 일을 마무리 지은 여자가 손바닥을 털며 말했어. 여자의 앞치마에 허연 찹쌀가루가 묻어 있었어. 여자는 생각보다 많이 늙은 모습이었어. 고작 오십 대 후반일 텐데 잎맥처럼 굵은 주름이 눈가에 얽혀 있었지. 머리는 염색했는지 희끗희끗한 몇 가닥 빼고는 짙은 밤색이었어. 내 눈길을 사로잡은 건 따로 있었어. 유난히 가는 목. 제대로 찾아왔다는 걸 알 수 있었지.

"포장하실 거예요?"

그게 가져갈 건지 여기서 먹고 갈 건지 묻는 말이란 걸 순간적으로 놓친 나는 잠깐 어벙한 표정을 지었지.

"아, 네 그냥…… 먹고 갈게요."

쟁반에 담긴 꽈배기 일인 분. 방금 여자가 튀김기에서 건져 낸 그것을 나는 먹지 않고 바라만 보았지. 배배 꼬인 그것을 보면서 난 그만큼이나 고불고불한 골목길을 떠올리고 있었어. 그리고 훌쩍이며 걷던 어린 여자애의 뒷모습까지.

"따뜻할 때 드셔야 맛있어요."

그렇게 말하는 여자의 얼굴을 빤히 쳐다봤어. 제 얼굴에 뭐 묻었어요? 하면서 여자는 얼굴을 쓰다듬었지. 그 바람에 코언저리에 가루가 묻었어. 단순하다고 해야 할지 무신경하다고 해야 할지, 나도 모르게 웃으며 고개를 저었어. 지나가는 말로 가게를 언제 시작했는지 물었지. 얼추 짚어보니 아버지가 죽은 해에서 그리 멀지 않은 시기였어. 아, 오래 하셨구나. 한마디 하곤 꽈배기를 하나 집어 들었지.

나는 가끔 그날을 생각해. 처음 가게를 찾았던 날의 풍경과 그것에 반응하는 내 마음을 물컵에 담긴 물을 보듯 가만히 지켜보곤 해. 돌멩이 하나에도 파르르 파문이 이는 수면 같았을 거야 내 마음은.

"이해가 안 돼. 아무리 네가 다닌 학교 근처라 해도 굳이 거기 꽈배기를 주문한다는 게. 그리고 추억을 사는 거라면 한두 개면 족하잖아. 아니, 무엇보다 그건…… 그냥 꽈배기잖아. 여기서도 쉽게 구할 수 있는."

네가 그렇게 말했을 때 난 하마터면 그냥 꽈배기가 아니면 어쩔 거냐고 말할 뻔했어. 그곳을 다녀온 지 일주일이 지났을 무렵 그러니까 주문한 꽈배기가 도착한 그 날, 상자에서 꽈배기를 꺼내 지퍼백에 나누어 담은 뒤 한참을 생각했더랬지. 왜 이런 일을 벌였을까. 스스로에게 물어보았지. 다행히 넌 글쎄, 그래? 그치만, 그런 식의 허두를 떼다가 이내 입을 다물었어. 그냥 꽈배기잖아. 네가 했던 말을 되뇌었어. 상념에 잠긴 나를 내버려 두고 넌 침대에 올라가 상사에게 제출할 보고서를 읽었지. 내가 꽈배기를 한 개 건네자 넌 "이제 그런 거 안 먹을래"라고 했어. "식사 대용이라면 사양하겠어." 무르춤해 있는 나를 일별한 네가 슬쩍 그 말을 덧붙였지. '그런 거'라는 말이 자꾸만 뒷덜미를 눌렀어. 차갑게 식어버린 순대 한 접시에도 감격했던 우리였잖아. 남은 치킨 한 조각도 내일 아침 한 끼라며 종이로 쌌었잖아, 우리. 그런 말이 목젖을 간질였어. 문득 네가 나와 다른 공간에 있다는 생각이 들었어. 아침 회의가 있어 일찍 자야 해. 그 말을 들으니 내가 맞이할 아침이 떠올랐어. 그러고 보니 나도 일찍 자야 할 입장이었지. 24시간 편의점은 3교대였는데 그즈음 나는 오전 근무조였어. 그나저나 병원엔 언제 가지. 뇌 정밀 검사를 예약했다가 펑크를 낸 게 벌써 세 번이었어. 보고서를 치우고 이어폰을 꽂고 있는 너를 보니 괜스레 심통이 났어. 그러니 말을 해야지. 머리에선 자꾸만 채근하는데 가슴에서 뻗어 나온 보이지 않는 손이 가만히 입을 막았어.

시침이 자정을 훌쩍 넘긴 그때까지도 난 식탁 의자에 앉아 있었어. 일찍 자야 한다던 너 역시 멀뚱히 천장만 보고 있었어. 무려 20인 분량의 꽈배기가 작은 식탁 위에 쌓여 있었지. 생각의 저울추가 명암 사이를 오가다 전혀 엉뚱한 곳에서 멈추기도 했어. 눈금 아래는 짙은 회색이었어. 내가 어디까지 얘기했더라. 난 잠시 네게 말한 걸 상기했어. 맞아, 내가 다닌 초등학교에 가 보고 싶다고 얘기했었지. 아니 그 전에 바다가 보고 싶다는 말을 먼저 꺼냈을 거야. 아직 향수에 젖을 나이가 아닌데. 넌 덤덤한 표정으로 응수했고 잠시 뜸을 들인 뒤 알다시피 요즘 내가 좀 바빠서, 하면서 이어폰을 뺐지. 네 곁에 누운 나는 버릇처럼 어린 시절을 얘기했을 거야. 어쩌면 할머니의 죽음까지도. 말없이 듣고 있던 너는 내가 아버지 얘기만 꺼내면 헛기침을 했어. 무슨 말 끝에 내 입에서 무서웠다는 말이 새어 나왔나 봐.

"무서웠다고?"

너는 팔베개를 한 채 나를 빤히 쳐다보았지.

"응, 그랬었나 봐."

넌 잠시 생각하는 표정을 짓다가 벽 쪽으로 돌아누웠어. 너도 무서웠던 거구나. 어깨너머에서 그 말이 기포처럼 떠올랐어. 그럼, 무서웠지. 나는 술병을 든 아버지를 떠올리며 아랫입술을 깨물었어. 기껏해야 초등학생이었어. 그때 난. 그 말이 한숨처럼 흘러나와 베갯머리를 적셨지. 그리고 까무룩 잠이 들기 전 무슨 환영처럼 스쳐 가던 장면 하나. 그건 어쩌면 내게 무섬증을 입힌 첫 단추였을지도 몰라.

"한눈팔지 말고 집으로 가야 해. 집으로 가는 길은 알지?"

집에서 가까운 버스 정류장이었어. 엄마는 몇 번이나 그 말을 되풀이했어. 유치원에서 곧장 집으로 가지 않고 버스 정류장으로 온 것이나 엄마 혼자서 어딜 간다는 것이나 죄다 이상했지만 묻지 않았어. 난 엄마가 조금 전에 쥐여준 것을 빤히 쳐다보았지. 그건 갓 구운 따끈따끈한 호떡이었어. 고깔모자 모양의 종이컵에 담긴 호떡을 든 채 엄마를 올려다봤어. "엄마는 안 먹어?" 내 말에 엄마는 "아, 엄마는 배가 불러서." 그 말만 하곤 다시 길 저쪽으로 눈길을 보냈지. 난 호떡에서 흐르는 암갈색 설탕물을 핥아먹으며 엄마의 눈길을 따라갔어. 두어 대의 버스가 떠나는 동안 엄마는 딱 한 번 나를 내려다봤어. 엄마의 눈덩이가 부어 있어서 제대로 눈을 맞출 수 없었어. 눈이 저렇게 되도록 맞으면서 엄마는 왜 소리를 지르지 않은 걸까. 간밤의 일을 떠올리며 생각했어. 이불을 뒤집어쓰고 있는 내 모습이 그려졌어. 아버지의 고함과 뭔가 부서지는 소리가 귓전을 맴돌았어. 엄마는 내 손을 꼭 잡고 있었지. 약간 저렸지만 아무 말도 하지 않았어. 나는 한 손을 엄마에게 맡긴 채 차에서 떨어진 기름이 번들거리는 바닥을 보며 천천히 호떡을 씹었어. 이윽고 또 한 대의 버스가 도착했어. 본디 자주색이었을 차체가 빛이 바래 연주황색이 된 버스. "이제 정말 가야겠다." 엄마가 나를 보며 말했어. 여기저기 흙탕물을 뒤발한 채로 들어선 버스에서 사람들이 내리고 있었어. 엄마가 손에 힘을 주는 바람에 하마터면 물고 있던 호떡을 떨어뜨릴 뻔했지.

버스가 출발할 때 엄마가 차창에 얼굴을 대고 뭐라고 말을 하며 손을 흔들었어. 당연히 난 그 말을 못 알아들었지. 아니, 난 손가락에 덕지덕지 묻은 설탕물을 떼느라 엄마 얼굴을 제대로 보지도 못했어. 내가 고개를 들었을 때 엄마를 태운 버스는 길모퉁이를 막 돌고 있었지. 마지막 남은 호떡 한 조각을 꿀꺽 삼키고서야 엄마가 한 말이 생각났어. 아버지 말도 잘 듣고 할머니 말도 잘 들어야 해. 엄마는 책을 읽듯이 또박또박 말했어. 엄마는 누굴 좀 만나러 간다고 했어. 난 고개를 갸웃거렸어. 엄마가 버스를 타고 누굴 만나러 간 적은 없었거든. 엄마 혼자서 맛있는 거 먹으러 간 걸까. 깡통을 걷어차듯 그 생각을 멀리 차 버렸지. 그런데 엄마에게 미안한 얘기지만 난 아버지 말도 할머니 말도 잘 듣지 않게 돼. 아니 오히려 엄마가 그런 말 하기 전보다 더 안 듣게 된 거지. 그러니까 엄마는 괜한 말을 한 거였어. 이제 와 생각하는 거지만 그때 엄마는 돌아온다는 말을 하지 않았어. 누구를 만나는지 어딜 간다는 건지도 밝히지 않았어. 내 기억이 맞다면 평소 엄마는 감나무 집 숙이 엄마한테 열무김치 갖다 주고 올게, 그런 식이었지. 말했듯이 그때 난 엄마의 속내를 눈치채기엔 너무 어린 나이였어. 그날 이후 상대가 한 말을 지나칠 정도로 곱씹는 습관이 생겼어. 약속의 말일 경우 훨씬 정도가 심했겠지. 웃기는 건 그럼에도 불구하고 판판이 속아넘어갔다는 거야. 누구에게? 누구겠어, 내게서지. 너도 마찬가지야. 처음에 사귈래? 하고 물었고 얼마 안 가서 좋아해, 하더니 이내 사랑으로 넘어갔지. 그러곤 후렴구처럼 덧붙인 말이 있었지. 뭐랬더라. 그래, 어쩌면 우린 잘 어울리는 한 쌍이 될 거야, 라고 했어. 어쩌면이라니, 스스로를 방기하는 말 혹은 타자화하는 말 아냐? 그때 난 이미 어떤 기미를 읽었던 건지도 몰라. 그러면서도 언제나처럼 내게 속는 과정을 착실하게 수행해 간 거지.

신춘문예라는 말, 처음 들어봤어. 너는 내 습작 노트를 뒤적이며 그렇게 말했지. 한동안 등단을 꿈꾸던 예비작가에서 취업준비생으로 전락한 내가 가장 듣기 싫어하는 소리가 신춘문예, 그 말이란 걸 알면서도 넌 또 그 말을 입에 올렸지. 그 노트가 왜 거기 있지. 난 네 손에서 채뜨린 노트를 서랍 가장 안쪽에 쑤셔 넣었어. 그땐 원룸이 아니었지. 세상에, 내가 고시원이라는 델 가게 될 줄은 몰랐어. 오붓하고 좋네, 뭐. 너는 그렇게 말했어. 오붓하다는 말의 뜻을 알고나 한 걸까. 하지만 난 내색하지 않았어. 공대 출신이라서 그래. 그렇게 능치곤 실없이 웃었지. 누가 봐도 궁상맞은 그 방은 최소한의 집기 외에는 들일 수 없는 곳이었지. 책상 하나 의자 하나 침대 하나가 다였어. 지이잉, 하는 소리가 단속적으로 이어졌어. 중고로 산 일인용 냉장고에서 나는 소리였어. 둘 데가 없어 책상 끝에 얹어 놓았는데 그 바람에 책상은 짐을 놓는 받침대가 되어버렸지. 하긴 당분간 책상을 사용할 일은 없으니까 상관없었어. 한 뼘 크기의 창문을 물끄러미 보던 네가 창문을 열려고 손을 뻗칠 때, 창문이 끝내 열리지 않고 덜그럭거리는 소리와 함께 뿌연 먼지를 흩뿌릴 때 내 속에서 뭔가 스르르 닫히는 느낌이었어. 네가 나를 침대에 눕히고 내 귓등에 뜨거운 숨을 토해내던 순간엔 유리창에 금이 가는 소리가 들리더라. 증세가 악화된다는 걸 온몸으로 느낄 정도였는데 청각까지 탈이 난 건 그즈음이었어. 또다시 머리가 지끈거렸지. 난 누운 채 한 가지 생각에 사로잡혔지. 이 남자는 내 어디까지를 받아들일 수 있을까. 우린 그날 섹스를 하지 못했어. 침대에서 삐걱거리는 소리가 두어 번 났을까. 벽에서 쿵쿵거리는 소리가 들렸어. 벗었던 바지를 다시 입으며 넌 벽과 나를 번갈아 쳐다보았지. 옆방 사람이 좀 예민한가 봐. 번지를 잘못 짚은 배달원이 송장을 구겨 쥐고 5층에서 내려올 때의 표정이 저럴까 싶더라. 하긴 그런 표정이 처음은 아니야. 청소년쉼터에서 주최한 지역 야유회에서 처음 만난 날도 그랬으니까. 내가 엄마는 살아 있다고 했을 때 짓던 네 표정. 넌 그래도 돌아갈 곳이 있구나. 네가 했던 말이야. 글쎄, 난 동의하지 않았지만 넌 가족 중 누군가가 살아있다는 것만으로도 혼자가 아니라고 했어. 굳이 고시원으로 옮긴 이유가 뭐냐고 넌 고시원 계단을 내려오면서 물었지. 이미 했던 질문이었어. 뭐, 상관없었지. 내 대답은 간명했어. 공부에 집중하고 싶어. 그렇구나. 네가 보인 반응은 내가 한 말보다 더 간명했어. 네가 처음이자 마지막으로 고시원을 방문한 그 날이 벌써 먼 과거가 된 기분이야.

　너도 알 거야. 나는 오래전부터 머리가 아팠어. 징징거리는 소리가 불규칙적으로 이어졌지. 짧은 재주로 작가가 되겠다고 용을 썼으므로. 그러니까 뇌용량 초과의 작품을 읽고 글을 쓰느라 그런 거라고 자가진단했어. 집주인이 보증금 인상을 통보한 뒤부터 증세가 심해졌어. 병원에서 MRI를 비롯한 이런저런 검사를 받은 날이었지. 집주인이 보낸 문자를 훑어본 뒤 곧장 진료실로 들어갔어. 결과가 나오지 않았는데도 의사는 수술을 기정사실로 했어. 경험이 많은 의사니까 증세만 듣고도 알 수 있으려니 했지.

아니나 다를까 다음날 오전 모니터를 들여다보던 의사는 수술이 불가피하다고 했어. 수술하려면 돈이 필요했고 돈을 마련하기 위해선 보증금을 빼는 수밖에. 고시원의 방도 그 나름의 격차가 있다는 걸 뒤늦게 알았어. 병원에서 가까운 방을 구했지. 그나마 창문이 달린 방이라고 자위했어. 창문이 있고 없고에 따라 월세가 6만 원이나 차이 난다는 게 말이 돼? 그래봤자 창문 너머엔 답답한 시멘트벽이 있을 뿐인데 말이지.

"보시는 대로 양성과 달리 주위 조직과의 경계가 불분명한 악성이고 주위 조직을 빠르게 침습하는 신경교종, 그중에서도 가장 등급이 높은 교모세포종으로 보이는군요."

의사는 내 뇌를 찍은 사진에서 눈을 떼며 말했어. 뇌수막종, 두개인두종, 뇌하수체샘종, 교모세포종……. 내 뇌의 상태를 설명하기 위해 의사가 보여 준 뇌종양 사진들을 봤어. 하나같이 생소한 이름들이었어. 그런데 이런 무시무시한 질환을 환자에게 대놓고 말해도 되나. 잠깐 그런 생각을 한 것도 같아. 아마 의사는 딱히 연락할 가족이 없다는 걸 감안했겠지. 내 눈은 줄곧 내 뇌를 찍은 사진에 붙박여 있었어. 검은 바탕색에 희읍스름한 구멍이 도드라졌어. 달 표면의 크레이터가 생각났어. 운석의 충돌로 생긴 구덩이 알지? 내 머릿속에 난 구덩이는 아무리 봐도 낭만적인 것과는 거리가 멀었어.

"수술 가능한 부위이긴 한데……."

의사는 그간의 사례에 비추어볼 때 예후가 좋지 않다고 했어. 그러면서 의사는 원발성 뇌종양은 대부분 그렇다고 했어. 주변의 신경조직에 전이될 가능성이 있다는 말도 잊지 않았지.

"두통이 심하지 않으셨어요?"

의사의 물음에 난 말없이 고개를 끄덕였어. 의사가 내 눈을 지그시 바라봤어. 이 지경이 되도록 뭐 하셨어요? 하고 묻는 것 같았지. 의사는 수술 후 화학 요법과 방사선 치료를 병행할지도 모른다고 했어. 난 아무 말 없이 듣고만 있었어. 이상하게도 진료실이 동굴처럼 고요해지는 순간이 있었어. 흔한 증상 중 하나인 현기증일 수도 있었지. 가만히 눈을 감아도 뭔가가 보였어. 의사는 그러는 내가 이상했던지 제 말 이해하셨어요? 하고 묻기도 했어. 네, 충분히 이해했어요. 난 눈을 뜨고 차분하게 대답했어. 어떻게 생각해? 어떤 자리에 있으면서도 그 자리를 벗어나 있는 듯한, 내 몸 전체가 공동空洞이 된 듯한 느낌. 그날 진료실에서 난 그런 느낌을 한 번도 아니고 여러 번 가졌어.

정보가 많은 것도 탈이야. 집으로 돌아오는 전철 안에서 난 내가 맞닥뜨린 돌부리의 정체를 검색해 봤어. 설명에 다소 차이가 있었지만, 공통점은 심각한 질환이라는 거야. 유독 내 눈길을 끈 것은 7이란 숫자였어. 행운의 숫자로 회자되는 그 숫자가 거기선 망나니의 칼날처럼 날카롭게 번뜩였어. 수술 후 생존율 7%.

다음 날 아침 편의점에 나갔어. 후임자에게 몇 가지 인계할 사항이 있었어. 제대하고 올해 복학한 남학생인데 밤에는 뭘 했는지, 말하면서도 거물거물 졸고 있었지. 코너에 달린 반사경에 여자아이가 보였어. 가끔 그 시간에 들어와 컵라면으로 끼니를 때우고 가던 아이. 어떨 땐 또래 남자아이와 같이 올 때도 있었는데 늘 티격태격하면서도 수시로 서로의 허리에 팔을 두르는 모습이 인상적이었지. 마스크는 꼭 검은색을 고집하는 그 아이는 잽싸게 주머니에 뭔가를 넣었어. 안 봐도 크런키초코바라는 걸 알았지. 완두콩만 한 퍼핑볼이 두둘두둘 붙어 있는 그것은 특히 그 또래 아이들에게 인기 있는 간식거리야. 여자아이는 세 번에 한 번꼴로 계산을 하지 않았어. 처음엔 갈등을 했지만 그 아이의 양말을 본 뒤로 마음을 접었지. 아이는 구멍 난 양말을 신고 왔는데 시간이 갈수록 구멍이 조금씩 커졌지. 주목할 점은 구멍의 위치가 변하지 않는다는 사실이었어. 벗지 않고 지내거나 강박증을 가졌거나. 내가 생각한 이유였어. 그러다가 손바닥으로 내 머리를 툭툭 쳤지. 너 자신의 일도 모르면서 남의 속사정을 어떻게 안다고. 어쨌거나 그날 이후 내 주머니엔 천 원짜리 지폐 두 장 혹은 오백원짜리 동전 네 개가 준비되어 있었지. 설명하기 곤란하지만 그건 그 아이를 위해서가 아니라 나를 위한 방편이었다고 하는 게 맞을 거야. 라면을 먹으면서 여자아이는 핸드폰에 대고 누구네 방에서 보자는 말을 하곤 했어. 그때마다 누구의 이름이 달라진다는 걸 알았지. 그날도 카운터에 온 아이는 컵라면만 올려놓았어. 아이는 한쪽 주머니에서 손을 빼지 않고 계산했어. 복학생은 카드리더기는 물론 포스단말기를 아주 능숙하게 다루더군. 며칠 전 점주가 군에 가기 전에도 이곳에서 일했던 학생이라고 말한 게 생각났어. 한 번 알바는 영원한 알바냐고 묻고 싶었지만 참았어. 난 복학생에게 여자아이가 호주머니에서 손을 빼지 않는 이유에 대해 말하지 않고 나왔어. 글쎄 그 복학생 역시 나처럼 현실감이 무딘 사람이기를 바랄 뿐이야. 그리고 그것도 그래. 누굴 만나는지는 오롯이 여자아이의 몫이야. 내가 너를 만난 것처럼. 거슬러 올라가 그렇고 그런 부모를 만난 것처럼. 어쨌든, 그렇지 않아?

알바를 그만둔 날 너를 만나러 갔던 거야. 아, 집에 가서 짐 정리도 하고 옷을 갈아입었다는 얘기도 해야겠네. 고백하자면 사실 난 그날 황급히 돌아서서 두 사람이 걸어간 곳으로 잰걸음을 놓았어. 네가 있는 곳으로 돌아갔다는 말이지. 네게 그 여자가, 아니 내가 어떤 의미인지 물어볼 작정이었어. 이곳저곳을 기웃거렸지만 넌 보이지 않았지. 그러다 문득 걸음을 멈추고 주위를 둘러보았어. 너무 벅찬 숙제를 떠안은 기분이었어. 거리 양쪽으로 빼곡한 카페며 주점이며 아울렛매장 들은 난공불락의 성곽처럼 보였어. 게다가 더 작은 골목 안쪽엔 대낮에도 네온등이 반짝이는 모텔들이 함정문제처럼 도사리고 있었지. 다리에 힘이 쭉 빠졌어. 지하철역 방향으로 털레털레 걷다가 노란색 물고기 형상의 네온을 봤어. 그 아래 커다란 수족관이 보였어. 각종 열대어를 판매한다는 문구가 걸려 있었어. 갑자기 등이 서늘해졌어. 어떤 작용이었을까, 뻐끔뻐끔 아가미로 숨을 쉬는 듯한 그 기분은.

집에 오자마자 실수했다는 걸 알았어. 이제 곧 입원해서 수술을 받을 처지에 물고기라니. 비닐봉지에 든 푸른색 열대어를 물끄러미 바라보다가 까짓 하는 기분으로 통에 물을 채웠어. 철 지난 액세서리를 담았던 아크릴통이었어. 꼬리지느러미가 예뻐서 고른 어종인데 주인은 딱 한 마리만 넣어 주데. 왜냐고 묻지도 않고 가져왔지. 휴대폰으로 검색하고서야 이유를 알았어. 베타는 워낙 공격적인 성향이라 다른 어종과 합사하면 큰 싸움이 난다는 거야. 그러게 사람이나 동물이나 겉모습만 보고 판단해서는 안 되는 거였어. 재미있는 건 하루에 한 번 거울을 넣어 주라는 거야. 플레어링이라고, 거울에 비친 자신의 모습을 적으로 간주하고 달려든다는 거지. 지느러미를 좍 펴고 공격하는 그 행위 자체가 건강을 지키는 수단이라니 정말 웃기는 녀석 아냐? 한편으론 공격 대상이 자신이라는 걸 모르는 그 아둔함이 부럽기도 했어. 따지고 보면 우리도 매일같이 플레어링을 하며 사는 걸 거야. 베타와 차이가 있다면 상대가 누구인지를 명확히 인식한다는 정도 겠지. 하지만 헛똑똑이야 우린. 죽어라 공격하고 쟁취한들 남는 게 뭐겠어. 대차대조표를 짰다고 가정해 봐. 자격지심이라고 할지 모르겠지만 결국은 손실이 더 큰 거 아냐? 내 경험칙으로 말하자면 그런 식으로 해서 얻는 게 많을수록 자기혐오도 그만큼, 아니 훨씬 더 커질 거라는 거야. 내 말이 틀려? 그나마 베타는 건강이라도 얻지. 물론 혐오가 아니라 긍지라고 주장하는 사람도 있을 거야. 난 알아. 그런 주장을 하는 사람들이 이른바 사회의 주역이 된다는 것도. 그들이 보기에 나 같은 사람의 말은 패배자의 변명, 딱 그 수준이라는 것도.

　열차가 P시에 가까워질수록 마음이 가라앉았어. 뭐라고 설명해야 할까. 설레거나 불안하지도 않고 침잠해지는 것과도 다른. 이번에 가면 횟수로 세 번째 만남이었어. 좀 과장해서 말하자면 마음은 증류수처럼 고요해졌어. 이유가 뭘까. 또렷이 떠오르는 게 없었어. 어쩌면 마지막으로 여자의 모습을 새기고 싶었던 건지도 몰라. 수술 후엔 기억의 일부가 날아갈 수도, 통째 없어질 수도 있다고 의사가 말했어. 그것도 아니라면 뭘까. 문득 돌아간다, 그 말이 생각났어. 그래, 한 번쯤은 돌아가고 싶었던 건지도. 청소년쉼터에 있을 때 가끔 같이 생활했던 아이들이 부모와 함께 집으로 돌아가는 모습을 봤어. 가깝게 지냈던 한 아이도 부모의 설득으로 가방을 챙기면서 내게 그랬지. 나 이제 돌아가. 그런 생각도 해 봤어. 돌아가는 건 행복하기 위해서가 아니라 불행의 시발점을 확인하기 위해서라고. 여자가 있는 곳을 알려 준 이는 돌아가신 할머니의 친구분이었어. 그분은 할머니가 살아 계실 때 딱 한 번 놀러 온 적이 있었지. 그분은 여전히 우리가 살았던 P시에 살고 있다고 했어. 우리 집 큰애가 주전부리를 사 준다고 해서 꽈배기집엘 갔는데…… 계산대에서 봤는데 틀림없어. 그 사람이야. 그분은 내가 듣고 있다는 걸 알면서도 목소리를 낮추지 않았지. 기차의 행로를 따라 이어지는 풍경 중 유독 눈길을 끈 것은 비슷한 형태로 서 있는 축사畜舍들이었어. 띄엄띄엄 서 있는 그것을 볼 때마다 네 얼굴이 떠올랐어. 구제역 방제작업이라고 했던가, 살처분으로 통하는 그 일에 취준생 시절 넌 일용직으로 참여한 적이 있었지. 건설현장보다 두 배 가까운 임금을 받을 수 있다며 한껏 기대에 부풀었던 넌 한 차례 작업이 끝난 뒤 몰라보게 해쓱해졌어. 조류인플루엔자에 걸린 오리와 닭들을 이산화탄소로 죽인 뒤 기계에 넣는다는 말을 할 땐 심하게 손을 떨었었지. 죽은 동물의 사체를 퇴비로 활용하기 위해 개발된 기계야. 그 기계의 투입구 앞에서 아직 숨어 붙어 있는 오리가 괴성을 지르며 발버둥쳤어. 넌 그 말을 하면서 눈을 감았고, 창자가 터지고 배 속에 있던 알이 뭉개지는 걸 보았다는 말을 하고 나선 가슴을 쓸어내렸지. 고글에 튄 피를 씻어낼 겨를도 없이 넌 아직 살아 숨 쉬는 생명체를 기계에 밀어 넣었다고, 살아 있는 것들을 땅에 묻는 건 차라리 평화로운 작업이었다고 말했어. 네 말은 끊어

106

질 듯 이어졌지. "아직 숨이 붙어 있는 닭 두 마리가 필사적으로 탈출하는 걸 본 적이 있어. 한 마리가 넘어지자 나머지 한 마리가 넘어진 닭을 딛고 뛰어오르더라고. 결국, 포클레인의 버킷에 떠밀려 다시 떨어지고 말았지만." 방금 지나친 축사를 돌아보며 네가 했던 또 다른 말을 떠올렸어. "살기 위해서는 어쨌거나 뛰어올라야 해." 그리고 넌 구덩이로 휩쓸려 가는 어미 돼지를 새끼 돼지가 기를 쓰고 쫓아가던 이야기도 들려주었지. 이산가족이 되는 거보단 낫지 않겠어? 네가 혼잣말처럼 중얼거렸을 때 난 예전에 보았던 이산가족 프로그램을 떠올렸어. 생살이 떨어져 나가는 아픔. 북에 처자식을 두고 온 노인네가 했던 말이 귓전을 맴돌았어. 나는 고개를 흔들었어. "그런데, 만약 새끼돼지가 정황을 이해하고 있었다면 어미 돼지를 따라가려고 했을까?" 그 말이 내 입에서 불쑥 튀어나왔어.

뜻밖에도 여자는 혼자가 아니었어. 나보다 많이 어려 보이는 여자애였어. 큰딸인데 가끔 나와서 일을 돕는다는 여자의 말에 여자애 말고도 자녀가 더 있다는 걸 알았지. 여자의 소생일까, 얼핏 그런 생각이 뇌리를 스쳤어. 내가 상자를 건네자 여자는 조금 놀라는 눈치였어. 전에 내가 택배를 신청할 때 다른 도시군요, 하며 짓던 데면데면한 표정과는 달랐지. 그날따라 여자는 어디 아픈 사람처럼 보이기도 했어. 장소가 달라졌는데도 베타는 평소와 다를 바 없이 유유히 지느러미를 흔들며 유영하더군. 물고기의 본능적 행위에 배신감이 들었다면 믿어져? 나는 베타의 성질에 대해 이것저것 설명한 뒤 배설물을 치울 때 쓰는 스포이드를 건넸어. 제때 물만 갈아주면 여과기도 필요 없다고 했지. 외국에 출장 가게 됐는데 맡길 데가 없어 가져왔다는 내 말에 우리 엄마는 뭘 키우는 걸 좋아하지 않는데. 여자애가 참견했어. 여자가 얘는, 하며 여자애의 팔등을 가볍게 치곤 먼 데서 가져오느라 힘들었겠어요, 하더군. 여자애가 여자를 힐긋 보곤 다시 어항으로 시선을 돌렸어. 이쁘긴 하네요, 특히 꼬리가. 여자애가 어줍게 웃으며 말했어. 내게는 없는 예쁜 보조개를 가졌더군. 하지만 나처럼 쌍꺼풀은 없었어. 마침 손님도 없던 터라 셋은 녹차를 앞에 놓고 앉았지. 새삼 가게를 둘러 보았어. 덕분에 가게를 계속할 용기가 생겼어요. 여자의 말에 그러게요, 하며 여자애가 맞장구를 쳤어. 그게 몇 푼 된다고. 내 말에 여자애가 돈이 문제가 아니에요. 언니, 했어. 언니? 나도 모르게 손을 감아쥐었지. 하지만 두 모녀의 눈에는 탁자 아래의 내 손이 보이지 않았을 테지. 네게도 말했듯이 매주 열 봉지씩 택배 주문을 해 둔 터였어. 물론 자동이체지. 여자는 내가 청소년쉼터에서 일하는 사람으로 알아. 아이들이 이 집 꽈배기를 좋아해서. 두 번째 왔을 때 내가 꽈배기를 한 아름 사면서 했던 말이었어. 내가 건넨 주소엔 청소년쉼터는 물론 공공기관을 나타내는 어떠한 이름도 들어 있지 않았어. 다행히 여자는 그 점에 대해 따로 묻거나 하진 않았어. 우린 두서없이 이런저런 얘기를 주고받았어. 그냥 코로나 때문에 너나없이 다들 어렵다는 둥 철거비용이 무서워 폐업도 쉽지 않다는 둥 애초에 꽈배기를 선택한 바람에 일이 배배 꼬인 것 같다는 둥. 그런 농담도 할 줄 아세요? 내가 묻자 여자는 그제야 씩 웃더군. 여자애는 그래도 우리 가게는 맛집으로 소문이 나서 덜한 편이에요, 라고 했어. 그럴 거예요, 워낙 맛있어서. 나는 고개를 끄덕이며 주머니에 든 봉지를 끄집어냈어. 아직 온기가 남아 있었어. 모녀는 동시에 봉지를 쳐다봤어. 오다가 휴게실에서 샀어요. 탁자 위로 밀치자 여자애가 조심스레 봉지를 열고 내용물을 꺼냈어. 어머, 호떡 아녜요? 나는 여자의 표정을 살폈어. 여자는 가만히 호떡을 응시하더군. 이윽고 고개를 든 여자가 나를 바라봤어. 여자의 눈에 뭔가가 일렁인다는 느낌이 들었어.

"처음 인연을 맺었던 남자가 생각나는군요." 여자가 창밖으로 시선을 돌렸어. 나와 여자애의 시선은 여자의 입술로 모아졌지. 무릎 위에 놓인 내 손에 힘이 들어갔어. "나는 초혼이었고 남자는 두 번째였는데…… 하긴 남자도 정식으로 결혼한 건 아니라고 들었어요. 그러니까 동거를 하다 헤어졌던 거지요." 여자가 잠시 말을 멈추고 녹차를 한 모금 마셨어. 엄마, 그런 얘기를 왜 이 자리에서. 여자애의 말이 끝나기도 전에 여자가 다시 입을 뗐어. "그 남자에겐 막 돌이 지난 딸이 하나 있었는데 우린 그 애가 초등학교 다닐 때 갈라섰지요. 정확히는 내가 그 집을 나왔더랬어요." 내 손톱이 손바닥을 파고들고 있었지만 난 아무 감각도 느낄 수 없었어. "호떡을 참 좋아하던 애였죠." 여자애가 여자의 손을 잡았어. 엄마, 그런 심각한 얘길 왜 해? 언니, 죄송해요. 엄마가 호떡을 보더니 옛날 생각이 났나 봐요. 나는 짐짓 천연한 표정으로 물었지. "근데 나중에 그 애를 찾아볼 생각은 해보셨어요?" 여자가 천천히 고개를 저었어. 왜, 하고 나는 녹차를 한 모금 마신 뒤 물었지. "왜 찾지 않으셨어요?" 여자가 머리칼을 쓸어올리며 말했어. "그 애를 똑바로 볼 자신이 없었어요." 엄마 그만. 여자애가 여자의 팔을 흔들었지. "친딸이라도 그냥 두고 나왔을까 생각하면 지금도 고개를 저어요. 내가." 내 손에 호떡을 쥐어 주던 여자의 모습이 눈앞에 어른거렸어. 아득히 멀어진 일인데도 그 장면은 왜 그리 또렷한지. 하지만, 하고 여자가 내 눈을 똑바로 쳐다보며 말했어. "가만히 그 자리에서 숨을 고르고 다음 일을 해 나가야 해요. 그래야 살 수 있다면." 난 여자의 눈을 피하지 않았어. "산다는 건 태어난 이유를 밝히는 게 아니라 살아야 할 이유를 증명하는 거라고 생각해요." 여자가 덧붙인 말에 네가 한 말이 덧씌워졌어. 살기 위해선 뛰어올라야 해. 나는 가만히 안도의 숨을 내쉬었어. 그 순간 내가 확인한 건 여자도 나처럼 그 일을 잊지 않았다는 거였어. 불현듯 이런 생각이 들었어. 어쩌면 나를 버틸 수 있게 만든 건 여자의 부재였는지도 모른다는. 이상도 하지, 그게 뭐 대수라고 나는 비로소 얼굴을 펼수 있었어. 웬일로 여자도 미소를 띤 채 고개를 끄덕이더군. 우린 원만히 합의된 계약서를 한 장씩 나눠 가진 사람들 같았어. 그나저나 웬 호떡이에요? 여자와 나를 번갈아 쳐다보던 여자애가 화제를 돌렸지. "그냥, 요기하려고 샀는데 양이 많아서 싸 왔어요." 나는 호떡 하나를 집어 들어 여자에게 건넸어. "꽈배기 집에 호떡을 사 온 게 좀 그렇죠?" 내 말에 여자가 여전히 웃는 낯빛으로 고개를 저었어. 꽈배기는 꽈배기고 호떡은 호떡이죠. 여자애가 한입 베어 물며 동의를 구하듯 여자를 쳐다봤어. 여자가 고개를 끄덕였어. 여자도 나도 잘 해내고 있었어. 긴장이 풀려서일까, 뒤늦게 현기증이 났어. 눈의 초점도 잘 맞지 않았어. 봄날 아지랑이 같은 게 어른거리기도 했어. 뇌압이 상승하면 시력장애가 일어날 수도 있다던 의사의 말이 생각났어. 많이 피곤해 보여요. 여자의 말을 부정하지 않았어. 그러게요, 피곤해요, 좀. 나는 자리에서 일어서며 말했어. 환절기가 되면 원래 이래요.

주머니가 허전했어. 동전 지갑이 없었어. 동전은 괜찮은데 문제는 그 안에 방 열쇠가 들어 있다는 거였어. 내가 탈 버스가 저만치 오고 있었어. 이명처럼 귓속에서 웅웅거리는 소리가 들렸어. 두통의 전조 증상이었어. 나는 버스를 보내고 잠시 정류장 벤치에 앉아 있다가 가게로 돌아갔지. 가게 입구에서 여자애를 만났어. 일회용 비닐장갑이 떨어져서. 그 말만 하곤 서둘러 길 건너 슈퍼로 가더군. 문을 열다 말고 입구에 내놓은 분리수거함을 봤어. 그물망 형태의 수거함 안에 그게 들어 있었어. 내가 건넨 어항. 문손잡이에서 손을 뗐어. 벽에 붙어 있는 음식물 쓰레기통을 열었어. 유유히 곡선을 그리던 지느러미가 굳은 기름덩이 위에 놓여 있었지. 난 놀라지 않았어. 물고기가 과거를 호출하는 메신저가 되어서는 곤란할테지. 물고기는 죽어서도 눈을 감을 줄 모르더군. 그건 자존심과는 하등 관계없는 일로 보였어. 현경아, 아직 거기 있니? 안쪽에서 여자의 목소리가 새어 나왔어. 난 천천히 뒷걸음치다가 돌아섰어. 맞아, 떠날 용기를 얻기 위해 만났던 거야. 나도 모르게 웃음이 나왔어. 나는 정류장을 향해 걸음을 옮겼어. 돌아갈 곳이 병원뿐이라는 사실을 떠올리자 지독히 외로웠어. 해서는 안 될 생각을 잠깐 하기도 했어. 하지만, 하고 난 심호흡했어. 그리고 중얼거렸지. 적어도 아직은…… 난 이렇게 살아서 세상을 뻐끔거리고 있는걸. 정류장 벤치에 앉아 잠깐 눈을 감았어. 거짓말처럼 네 얼굴이 떠올랐어. 그리고 고개 숙이고 있는 내 모습도. 네 디딤대가 되기엔 내가 너무 약하다는 걸 인정한 모습 같았지. 닭이라고 그랬니? 모쪼록 넌 버킷 따위에 맞지 말고, 안 좋은 기억 다 잊어 버리고, 무엇보다 그래, 네 바람대로 바위처럼 단단한 걸 딛고 네가 원하는 곳까지 순탄하게 올라갔으

면 좋겠어. 나는 눈을 떴어. 저만치 버스가 오고 있었어. 그런데
네게 묻고 싶은 게 하나 있어. 말이지, 나는 왜 그날 열차를 타고
오는 내내 목련꽃을 떠올렸을까. 온전한 모습으로 떨어진 목련꽃
한 송이를.

검은 눈을 찌르다

그가 공항 입국장에 들어선 순간 카메라 플래시가 터지기 시작했다. 그는 깁스를 하지 않은 손으로 얼굴을 가린 채 고개를 숙였다. 그는 출국할 때 입었던 얼룩무늬 군복 차림 그대로였다.

"이고르 유하모프 부사령관을 저격한 게 사실인가요?"

기자가 마이크를 내밀며 외치듯이 말했다. 그는 흘깃 소리가 난 쪽을 보았다. 소속사가 다른 기자들이 운집해 있었다. 그는 어줍게 웃었다. 그러나 접근하는 카메라를 본 순간 금방 표정이 굳어졌다. 모든 기자가 그의 입을 주시하고 있었다. 그가 입을 떼려는 순간 사내 둘이 나타나 그의 양팔을 잡았다. 사복경찰들이었다. 그의 입에서 윽, 소리가 났다. 깁스한 팔이 심하게 떨렸다. 그의 표정을 일별한 경찰이 팔을 잡은 손에서 힘을 뺐다.

기자들의 질문 공세가 이어졌지만, 그는 대답할 수 없었다. 모종의 지시를 받은 듯 경찰들은 그의 팔을 잡아채며 걸음을 재촉했다. 의외로 그의 마음은 편안했다. 마침내 돌아왔다는 안도감과는 결이 다른 느낌이었다. 한바탕 오구굿을 치르고 나면 이럴까. 그는 문득 굿거리장단에 맞춰 바리데기 무가를 펼치던 월선녀의 모습을 상기했다. 계단이 끝나는 지점에 그를 데려갈 차가 대기하고 있었다. 계단을 다 내려왔을 때 덩치 큰 사내 하나가 불쑥 앞을 막았다.

"한마디만 해 주세요. 정말 쐈어요?"

사내의 손에는 큼지막한 카메라가 들려 있었다. 180도 회전이 가능한 LCD모니터에 3000만 화소를 상회하는 풀프레임 센서를 탑재한 소니 미러리스 A7M4. 그 와중에도 그는 그것의 정체를 한눈에 알아보았다. 보정 기능은 확실하지.

"네? 뭐라고 하셨어요?"

기자가 그의 턱 밑에 카메라를 들이대며 다그치듯 물었다. 경찰이 왁살스레 사내를 밀치고 그를 차에 태웠다. 차 문이 닫히기 전 그는 사내를 향해 한마디 던졌다.

"제대로 맞혔죠."

그는 인터넷 기사를 되풀이해서 읽었다. 그의 눈매가 누긋해졌다. '한국인 스나이퍼, 우크라이나인들의 마음을 훔치다' 기사 제목이 상투적이었지만 뭐, 상관없다고 그는 생각했다. 중요한 건 자신은 살아서 돌아왔고 그간의 실점을 회복할 절호의 기회를 가졌다는 것이다.

그는 경찰서에서 저녁 늦게까지 조사를 받은 뒤 풀려났다. 그를 심문한 경찰은 조만간 다시 부를 거라면서 가급적 거주 지역을 벗어나지 말라고 당부했다. 대답 대신 그는 다친 팔을 들어 보였다. 국내법에 따르면 일 년 이하의 징역이나 천만 원 이하의 벌금에 해당하지만, 그가 형사 처벌을 받을 가능성은 크지 않았다. 여론도 나쁘지 않았고 무엇보다 우크라이나에 대한 정부의 우호 정책이 기조를 잃지 않고 있었다.

— 정말 멋져요. 우리나라 군인이 세계 최강국 중 하나인 러시아에 맞서 당당히 싸울 수 있다니!

셀레네라는 닉네임을 가진 이가 단 댓글이었다. 그도 익히 아는, 오래된 구독자 중 한 명으로 사십 대 여자였다. 그녀는 두 가지 오류를 범했다. 우선 그는 군인이 아니었다. 제대한 지 4년이 지난 특전사 출신 유튜버일 뿐이었다. 또 하나, 그는 러시아에 맞선 게 아니었다. 그렇다고 전투의지가 투철했던 것도 아니었다.

"그렇다면 의용군으로 참전한 이유가 대체 뭐요?"

그를 담당한 경찰은 그렇게 물었다. 랩톱컴퓨터 덮개에 붙은 참수리 마크가 찢겨 나간 게 눈에 거슬렸다. 그는 고개를 갸웃거렸다. 엇비슷한 질문을 남발하고 있는 경찰이 어쩐지 그와 함께한 부사수 케빈을 닮았다는 생각이 들었다. 케빈 역시 광대뼈가

툭 불거져 나온 게 성마른 인상을 주었다.

"그야…… 앞서 말했듯이 인간의 자유와 생명을 지키고자 하는 책임감 때문이죠."

그 역시 뻔한 답변을 되풀이했다. 경찰은 피식 웃었지만, 그의 태도를 나무라진 않았다. 경찰은 조서에 있는 질문을 기계적으로 읽어 나갔다.

구독자와 조회 수가 폭발적으로 늘고 있었다. 단 이틀 사이에 이전 조회 수를 상회하는 기록을 세웠다. 그의 목을 짓눌렀던 배신자 혹은 위선자의 명에는 온데간데없었다. '특전사 스나이퍼 출신으로 유명한 유튜버 인플루언서 YD(yellow dragon)가 재기의 발판을 마련했다.' 미디어 매거진 〈스포트라인〉의 기사는 그렇게 시작되고 있었다. 그는 소파에 비스듬히 누워 핸드폰으로 기사를 읽었다. 감정이 고조되면 늘 그랬던 것처럼 나머지 한 손으로 연신 해바라기씨를 집어 입으로 가져갔다. 기사 말미에 이르러 그는 상체를 일으켰다. YD가 빛날수록 그의 파트너였던 BD(blue dragon) 주은영 씨의 그늘은 깊어지기 마련이다. 그의 눈길이 그 한 문장 아니, 주은영이란 이름에 붙박였다.

그와 은영이 시작한 유튜브 채널의 이름은 '에로틱 옴니버스'였다. 창 하단에 새긴 심벌마크는 쌍룡이 구름 위에서 얽혀 있는 모습이었다. 두 용은 동시에 하트 모양의 여의주를 물고 있었다. 그는 황룡, 은영은 청룡인 셈이었다. 웰메이드 영화를 찍겠다는 건 아니었다. 은영이 유명을 달리한 날까지 콘셉트는 확고했다. 남녀의 연애심리를 스케치하는 채널은 지나치게 많았다. 차별화가 필요했다. 두 연인의 애정행각에 드라마적 요소를 가미한 데서 한 걸음 더 나아가 역발상적 스토리와 반전을 노리는 전략이 주효했다. 2년제 대학 연극영화과를 졸업한 은영은 그를 만나기 전까지만 해도 알바를 전전하며 연기의 꿈을 키우던 이른바 배우 지망생이었다. 없는 시간을 쪼개어 극단 배우로도 활동했는데 대개는 주연배우를 돋보이게 하는 들러리 역할에 지나지 않았다. 어쩌다 출연한 상업영화에선 홀서빙이나 가게 점원 역이 다였다. 하지만 그가 보기에 은영은 아마추어 수준은 진즉에 넘어선 연기자였다. 그는 그녀의 잠재력을 믿었다. 그가 아이디어를 내면 그녀가 콘티를 짰다. 한때 웹툰을 그렸다는 것도 빈말이 아닌 듯 은영은 슥슥 아무렇게나 그리는데도 요점을 정확히 짚어냈다. 특히나 툭툭 던지듯 내뱉는 촌철살인의 대사를 만드는 재주가 비상했다. 몸매도 나무랄 데가 없었다. 키에 비해 다리가 길어 각선미가 돋보이는 데다 몽환적인 눈빛에서 뿜어져 나오는 카리스마는 그녀만의 시그니처가 되었다. 그러나 자신의 이름 앞에 에로배우란 수식어가 달리는 것에 대해 그녀는 적잖이 낙담하는 눈치였다. 그는 그녀의 어깨를 토닥였다. 메소드 연기로 찬사를 받는 대배우 중에도 흑역사를 가진 이들이 많다는 말로 위로했다. "브래드 피트는 닭 인형 탈을 쓰고 전단지를 돌렸고 우피 골드버그는 시체 분장사로 일했다잖아." 그녀의 입꼬리가 샐쭉해졌지만, 그는 못 본 체했다. 촬영을 책임진 그는 그녀의 연기 파트너이기도 했다. 그는 특전사 출신답게 탄탄한 근육의 소유자였다. 얼굴도 서글서글한 미남형이라는 소리를 듣는 편이었다. 모든 게 잘 풀렸다. 수익 창출의 바로미터인 구독자 천 명은 일주일이 안 되어 돌파했다.

"자기야, 너무 선정적이지 않아?"

"촌스럽긴! 안 되겠어. 속이 좀 더 잘 비치는 색이 좋겠어."

속옷이 훤히 비치는 시스루 드레스를 입은 은영이 주저할 때면 그는 한술 더 떠 속옷을 붉은색으로 바꾸자고 했다. 네티즌들의 반응은 뜨거웠다. 문제는 채널의 주인공이라 할 수 있는 그녀의 태도였다. 그녀는 그때까지도 주류영화의 스타가 되는 꿈을 버리지 않고 있었다. 그녀의 속앓이가 심해질수록 그의 닦달도 심해졌다. 급기야 그는 사전 조율 작업도 생략했다.

"아니, 비키니와 정장이라고 했어?"

공전의 히트를 기록한 동영상을 찍을 때도 마찬가지였다. 개괄적 설명도 없이 다짜고짜 정장과 비키니를 준비하라는 그에게 그녀는 언성을 높였다.

"얘깃거리를 줘야 콘티를 짤 거 아냐. 비키니면 비키니지 정장은 또 뭐야?"

그는 손바닥만 한 메모지를 흔들어 보였다.

"오늘은 네가 세상없이 도도한 커리어우먼이 될 거거든."

장소는 호텔 야외 수영장

주위엔 온통 수영복 차림의 남녀가 북적인다. 초반부에 카메라 앵글은 여자들의 뒤태를 훑는다. (물론 신원 노출이 되지 않도록 얼굴 부분은 피한다) 더러 맨살을 가리는 레쉬가드를 입은 여자들도 보이지만 대부분 원피스 수영복 아니면 크롭탑이나 비키니 수영복이다. 개중에는 가슴골과 치골이 노골적으로 드러나는 초미니 수영복을 입은 여자도 있다. (보기에 껄끄러운 대상만 의도적으로 찍는다) 엉덩이가 꽉 끼는 스커트와 잘록한 허리를 강조한 재킷을 입은 은영이 서류 바인더를 들고 그들 사이를 유유히 걷는다. (도도한 커리어우먼의 모습을 연출한다) 뭇시선이 그녀에게로 향한다. 여자들은 의구심으로, 남자들은 호기심으로 은영의 모습을 눈으로 좇는다. 카메라 앵글은 그녀로 향한 시선을 모아 그녀의 엉덩이로 가 꽂는다. (그 순간 엉덩이는 둥근 과녁이다) 곧이어 엉덩이가 클로즈업된다. 뚝뚝 달콤한 과즙이 흐르기라도 할 것 같은 순간, 그녀의 복숭아 같은 엉덩이는 로데오 거리에 등장한다. (두 장면을 자연스레 이어붙이는 교차편집 덕분에 은영은 문 하나를 열고 이 화면에서 저 화면으로 걸어 나간 듯 자연스럽다) 유관기관에서 허가받은 촬영 시간은 고작 5분이다. (한치의 실수도 용납되지 않는다는 뜻이다) 그는 핸드헬드 기법으로 그녀의 뒤태를 찍으며 따라간다. (장소를 고려해 손 떨림 보정 기능이 전보다 몇 배 강화된 디지털카메라를 리스했다) 그녀는 파랑과 노랑이 앞뒤로 프린트된 비키니 차림이다. 굳이 멀리 갈 것도 없다. 그녀는 뜨거운 시선을 한몸에 받으며 20보 정도만 걷는다. 그는 광학 30배 줌으로 그녀의 엉덩이를 두어 번 당겼다 놓는다. (그녀로 향하는 주변인들의 뜨거운 눈길을 채집하는 것도 잊지 않는다) 스마트폰의 좁은 화각과 달리 와이드터치 패널엔 주변 풍경이 진진하면서도 알차게 담긴다. 그는 흡족한 표정을 짓는다. 그녀가 그의 품에 안기는 장면은 스튜디오에서 마무리될 것이다.

"그러니까 거꾸로 가자는 거잖아. 벗은 곳에서는 입고 입은 곳에서는 벗고."

"그러니까 역발상이라고 하는 거야. 전에도 얘기했지만, 남들이 미처 생각지 못한 방식으로 가야 시선을 끌 수 있어."

"엽기적이라고 하지 않겠어? 스토리는 증발하고 성적 이미지만 남잖아."

그녀의 말은 기우였다. 반응은 폭발적이었다. 신박하다, 허를 찌르는 시추에이션, 킴 카다시안도 질투할 만한 매력적인 엉덩이, 찬양 일색의 댓글이 줄을 이었다. 그런데도 은영의 표정은 밝지 않았다. 그는 모니터를 보여 줬다. "이런 글도 있어. 엔딩 장면. 내가 자기한테 나선은하가 새겨진 원피스를 건네면서 한 말에 심쿵했다는 여자들이 꽤 많아."

그녀를 차에 태운 그가 원피스를 건네며 말하는 장면이었다. 그의 손엔 여전히 카메라가 들려 있었다.

"난 21세기 메타 사피엔스를 대표하는 테크니컬한 나무꾼이야. 당신은 가끔 우주에서 이곳으로 소풍 나오는 행성형 선녀이고."

그런 대사를 어떻게 생각해냈느냐는 한 구독자의 물음에 그는 제가 원래 문학적 소양이 좀 있어서요. 후훗, 하고 흰소리로 얼버무렸지만, 그의 뇌리에 떠오른 건 월선녀, 그녀였다. 쪽 찐 머리에 붉은 활옷을 입은 그녀는 말 그대로 선녀였다. 어린 그가 보기에도 그녀는 숨이 막힐 정도로 아름다웠다. 서릿발이 설 정도로 차가운 눈매를 가졌지만 그래서 오히려 신비로운 아우라를 형성했다. 굿을 청하러 온 사람들은 그녀의 카리스마에 압도되어 굿 비용의 가감에 대해 입도 벙긋하지 못했다. 그는 월선녀가 신호를 보낼 때까지 방에서 나오지 않았다. 작은 창이 하나 있는 방에서 숙제하고 만화책을 보다가 잠이 들곤 했다. 하긴 그녀가 나오라고 했어도 나가지 않았을 것이다. 그는 월선녀가 자랑스러우면서도 부끄러웠다. 그리고 무엇보다 그 두 감정을 압도하는 두

려움이 있었다. 평범한 차림으로 시장에 다녀오고 학용품을 챙겨 주고 숙제를 봐 주는 엄마를 가진 친구들이 부러웠지만 한 번도 내색하지 않았다. 아니, 내색할 수 없었다.

"정말 선녀 같네. 백옥 같은 피부에 반들반들 윤기 흐르는 머릿결 좀 보라지."

"눈빛은 또 어떻고. 피 한 방울 나지 않을 것 같소."

"무당이 될 팔자는 따로 있는 법이여. 저래 고와도 귀신을 모시고 사는 사람이라 생각하믄 소름이 끼친다니께."

그다지 두껍지 않은 합판으로 된 벽 너머에 쪽방이 있었다. 그방에 아이가 있다는 사실을 모르는 여자들은 대기실 벽에 기대어 곧잘 쑥덕거렸다. 월선녀에게 점을 보러 온 여자들은 한결같이 뭔가에 짓눌린 표정을 하고 있었다. 여자들의 표정이 어두울수록 월선녀의 얼굴엔 생기가 돌았다. 그 무렵 그가 즐겨 본 만화가 드라큘라였다. 한밤중에 머리끝까지 이불을 덮어쓰고 만화책을 읽는 즐거움은 각별했다. 가끔 그는 경기 들린 아이처럼 몸을 부르르 떨 때가 있었다. 드라큘라 얼굴에 월선녀의 얼굴이 겹칠 때였다. 월선녀의 추궁에 얼굴이 하얗게 질린 여자들은 영락없는 먹잇감이었다. 그럴 때면 어김없이 오줌이 마려웠다. 방광이 풍선처럼 부풀 때까지 참다가 끝내는 지려 버리는 경우도 있었다.

그는 D시에 사는 이모 집에 맡겨지기 전까지, 정확히 말하면 초등학교 3학년 겨울방학이 끝나기 하루 전까지 신당이 있는 월선녀의 집에서 살았다.

"너를 내 자식으로 점지해 주신 분이 대장군님이시다. 대장군님이 너를 인제 그만 놓아주라 하시는구나."

그가 집을 떠나기 전날 밤이었다. 몸주 신을 향해 삼배를 올리고 신명 축원한 월선녀는 뒷걸음질로 마루로 내려와 곁에 앉은 그에게 속삭이듯이 말했다. 신단을 정면으로 마주한 자리였다. 장군을 형상화한 신상神像 뒤로는 삼불제석을 위시한 여러 신들을 그린 무신도가 걸려 있었다. 길쭉한 신단엔 옥수 그릇과 향로 촛대가 놓여 있고 그 아래 소반엔 놋쇠 방울과 부채가 놓여 있었다. 월선녀의 시선은 줄곧 몸주 신을 향하고 있었다.

"헌걸찬 성정이며 풍채며 당대엔 저분을 따라올 장수가 없었다더구나. 저분이 칼을 치켜세우고 말을 달리면 그 서슬에 적들은 오갈 든 푸새처럼 흩어졌다지."

월선녀는 그가 알아들을 수 없는 말을 늘어놓았다. 그는 그러나 질문은커녕 손가락 하나 까딱할 수 없었다. 그녀가 되뇌던 말. 힘이 있어야 한다. 힘, 힘이 있어야 자신을 온전히 지킬 수 있다. 그녀 말 속의 힘이 실제의 공간에 현현해 덩굴풀처럼 그의 몸을 옥죄어 왔다.

천장에서 길게 늘어뜨려진 정체 모를 띠종이를 더듬던 그의 눈길이 북채와 함께 놓인 신칼로 향했다. 월도月刀라 불리던 그 칼은 신상의 칼과 모양새가 같았다. 그건 월선녀가 늘 몸 가까이 두는 것이었다. 월선녀란 이름도 그래서 생겼다. 월도. 그게 관우가 쓴 청룡언월도의 축소판이라는 걸 그는 좀 더 커서야 알았다.

"이제 이곳이 내 집이다, 생각하고 지내렴. 어디 있든 마음먹기에 달렸어. 새 학교에 가면 대부분 낯선 친구들일 거야. 가끔 짓궂은 장난을 걸어오는 아이도 있을 거고. 어쩌면 촌 동네에서 전학 왔다고 따돌릴지도 몰라. 하지만 알지? 절대 기죽으면 안돼. 강해져야 해. 그래야 만만하게 보지 않는단다."

그것은 월선녀가 했던 말의 새 버전이었다. 짐을 풀고 난 뒤 침대에 걸터앉아 어린 조카에게 새집에서 지켜야 할 몇 가지 수칙을 들려준 이모는 전학생으로서 가져야 할 자세에 대한 말로 아퀴를 지었다. 이모네 집은 지은 지 40년도 더 된 낡은 양옥이었다. 외벽의 타일은 색이 바랬고 처마 안쪽의 목재는 뒤틀리고 뜯겨나가 흉물스러웠다. 집 크기에 비해 지나치게 넓은 마당은 관리를 제대로 하지 않아 웃자란 수목들이 마구 뒤엉켜 있었다. 창고처럼 쓰이던 이층 다락방이 그의 차지가 되었다. 그날 밤 그는 잠을 이루지 못했다. 새집에 대한 이질감이나 전학에 대한 부담감 때문만은 아니었다. 비를 동반한 바람은 밤이 깊어지면서 한층 거세지기 시작했다. 그는 곧추세운 무릎을 두 손으로 안고 창밖을 바라보았다. 늙은 후박나무가 방안을 기웃거리고 있었다.

바람 소리가 커질 때면 기다란 나뭇가지가 창문을 스치듯 지나갔다. 그는 이불을 당겨 몸을 감쌌다. 자꾸만 눈물이 났다. 걸어서 가기에는 너무 멀다고 툴툴거렸던 학교가, 무당집 자식이라고 놀리던 친구들이 못내 그리웠다. 무슨 말끝에 월선녀는 네 장래를 위해서라고 했지만, 그는 그 말의 뜻을 이해할 수 없었다. 장래는 앞날을 뜻하는 것인데 그는 오늘을 어떻게 보낼지, 그 생각만으로도 머리가 터질 지경이었다. 나뭇가지가 위협하듯 창문을 두드렸다. 월선녀가 아끼는 월도가 생각났다. 드물게 퇴마 굿을 할 때면 월선녀는 표정부터가 예사롭지 않았다. 월도를 휘둘러 악운惡運을 쫓는 그녀의 얼굴엔 귀기가 서렸다. 붉은 철릭을 펄럭이며 춤추던 그녀가 잠시 숨을 고르고 뭉쳐진 천을 길게 풀어나갈 때면 그는 이상하게도 숨이 가빴다. 뒤꿈치가 자꾸 들렸지만, 현장 근처엔 얼씬도 말라는 소리를 들은 터라 어쩔 도리가 없었다. 다시 양손에 칼을 쥐고 뛰던 그녀가 어느 순간 동작을 멈추고 금방이라도 내리칠 듯 칼을 치켜들면 숨이 멎었다. 어떨 때 칼끝은 원혼이 깃든 자의 몸을 거쳐 굿을 의뢰한 이의 얼굴로 향하는 경우도 있었다. 의뢰인의 윗대 조상이 살생을 많이 한 경우였다. 두 손을 모아 싹싹 비는 의뢰인의 모습과 칼을 겨눈 월선녀의 모습은 극명히 대비되었다. 그 순간만큼은 월선녀, 그녀는 전지전능한 존재였다. 그 칼끝이 공교롭게도 그가 눈을 들이댄 문창살 쪽일 때 그는 그만 숨이 콱 막히고 마는 것이었다.

그녀 앞에서는 젊은 시절 한때 씨름을 했다는 화랭이 아저씨도 꼼짝을 못 했다. 신당을 찾는 여자들은 아저씨를 화랭이로 지칭했다. 그는 화랭이가 무슨 뜻인지 궁금했지만 한 번도 물은 적이 없었다. 굿판이 벌어지면 북채를 쥐고 신명을 돋우던 화랭이 아저씨는 유난히 그를 귀애했다. 일이 끝나면 잊지 않고 떡이며 약과 따위를 싸 주곤 했다. 이상한 건 월선녀의 태도였다. 월선녀는 중인환시衆人環視의 자리에서는 아저씨에게 늘 냉랭하게 대했다. 이상하긴 아저씨도 마찬가지였다. 그가 알기로 아저씨는 단한 번도 웃는 얼굴로 일을 한 적이 없었다. 늘 굳은 얼굴이었다. 그가 보기에 어딘가 마뜩잖은 기색이 농후했지만 그러면서도 월선녀의 뒤를 따라다니며 뒤치다꺼리를 도맡아 했다. 가끔은 밤깊은 시각 방에서 나긋한 목소리가 흘러나왔다. 정말 월선녀가 맞는지 미닫이문 틈새에 눈을 대고 확인한 적도 있었다. 그로서는 도무지 이해할 수 없는 풍경이었다. 월선녀가 아저씨의 술잔에 술을 따르고 있었다. 월선녀가 뭔가를 당부 조로 말하고 아저씨는 말없이 술잔을 입에 가져가는 구도였다. 갑자기 방에서 나오던 아저씨와 맞닥뜨린 적도 있었다. 술 냄새가 끼쳐왔다. 아저씨는 허둥거리며 말을 더듬었다. 오, 오줌 마려워 깼구나. 아, 내가 그러니까 엄마와 기, 긴히 의논할 게 있어서……. 말을 얼버무리곤 서둘러 신발을 꿰고 나갔다.

그날 밤도 그는 월선녀의 방에서 나오던 아저씨와 마주쳤다.

하지만 그가 본 아저씨는 화랭이 아저씨가 아니었다. 그 아저씨는 오줌 누러 나왔느냐고 묻지도, 그의 머리를 쓰다듬어 주지도 않았다. 며칠 전에 있었던 일이 머리를 스쳤다. 오줌을 누고 방으로 돌아가던 그는 월선녀의 방에서 들려오는 소리에 걸음을 멈췄다. 화랭이 아저씨의 목소리였다. 여느 때와 다른 다소 격앙된 목소리였다. 방문 앞까지 걸어간 건 그의 의지와는 무관했다. 그래서…… 언제까지 무지한 사람들 등골을 빼먹으며 살 거야? 월선녀의 목소리도 여느 때와는 달랐다. 무슨 그런 망발을. 나약한 사람들에겐 믿음의 대상이 필요해. 그리고 나는 그들의 욕구를 충족시켜 줄 뿐이야. 믿음이라고 했어? 당신이 맡은 대부분의 굿이 사업하는 사람들이 청한 것이라는 걸 내가 모를 줄 알아? 그들 대부분이 복력을 얻기는커녕 과도한 비용에 허덕이다 그나마 간신히 명줄을 이어가던 사업을 말아먹은 것까지 말이지. 난…… 모든 게 회의적이었지만 눈 질끈 감고 다시 북채를 잡았어. 피치 못할 소명이라 여겼기 때문이지. 월선녀는 아저씨의 말이 끝나기가 무섭게 발작하듯 미친, 하고 소리를 질렀다. 그, 그렇게 생각하고 싶다면 그렇게 생각해. 근데…… 당신이 이런 말을 꺼, 꺼내는 이유가 딴 데 있는 것 같은데…… 아, 아냐? 웬일로 월선녀가 더듬거리며 말했다. 좋아, 말이 나온 김에…… 화훼농원 같이 하자고 하지 않았어? 느긋이 함께 노후를 보내자고. 그 말을 꺼낸 게 벌써 3년이 다 되어가. 뭐, 화훼농원? 아…… 그건 내가 취

중에 한 소리였어. 통속적 상상이라고나 할까. 월선녀의 목소리
에 다시 가락이 실렸다. 취중에 한 소리? 뭐, 통속적 상상? 합치
자고 한 것도? 풋, 하고 월선녀가 웃었다. 뭔가 착각했나 본데 난
그딴 언질을 준 적이 없어. 난 말이지…… 솔직히 말해 그게 누
구든 남정네 말은 절대 믿지 않아. 한 번이면 족해. 다시 또 미망
에 빠질 일은 없어. 알아듣겠어? 난 죽을 때까지 장군님을 모시
고 이렇게 살 거야. 착각? 그 대목에서 손바닥으로 뭔가를 치는
소리가 들렸고 그는 저도 모르게 목을 움츠리고 서둘러 방으로
돌아갔다. 둘의 대화는 훗날 이모가 죽기 얼마 전 그에게 일의 내
막을 간추려 들려줄 때까진 내처 수수께끼로 남아 있었다. 이모
는 그가 들었던 이야기에 살과 뼈를 덧대었다. 대부분 처음 듣는
이야기였다. 신내림을 받기 전, 그러니까 무속 세계에 한 발만 걸
치고 있던 젊은 시절 월선녀는 유망한 중소기업체 사장의 아이를
가졌다고 했다. 월선녀가 그것을 사랑의 결실로 여긴 데 반해 막
사장직을 승계한 젊은 사장은 돌발상황으로 간주했다. 정계 진출
을 꿈꾸고 있던 사장은 아이의 존재를 아니, 월선녀와의 관계 자
체를 부정했다. 사장의 반대를 무릅쓰고 아이를 낳은 그녀는 그
러나 종내는 생활고를 견디지 못하고 합의금을 받았다. 물론 영
원히 입을 다무는 조건이었다. 신내림을 받은 건 그 일이 있고 얼
마 지나지 않아서였다. 삼류 신파극 같은 얘기였지만 아무래도
좋았다. 그가 입술을 깨물었던 건 자신의 출생이 돌발상황으로

치부되었다는 점 때문이었다. 네 친부가 누군지 나도 정확히는 몰라. 마지막으로 그 말을 할 때 이모는 그의 손을 아프도록 세게 잡았다.

그 일이 있고부터는 화랭이 아저씨도 더 이상 그의 머리를 쓰다듬지 않았다. 말도 붙이지 않았다. 딱 한 번 그를 부른 적이 있었다. 그가 이모 집으로 가기 며칠 전 해거름녘이었다.

"힘을 잘못 쓰면 말이다……."

말끝을 흐리던 아저씨의 손에는 소주병이 들려 있었다. 그의 이름을 대중없이 부르다 말고 아저씨는 손바닥으로 자신의 이마를 툭툭 소리 나게 때리다가 돌연 자책하는 듯한 말을 웅얼거렸다. 가끔은 히죽히죽 웃기도 했다. 다음 날부터 아저씨는 보이지 않았다.

지붕에 뭐가 떨어졌는지 쿵, 하는 소리가 났다. 그는 이불을 뒤집어쓰고 엎드렸다. 눅눅한 비 냄새가 스며들었다. 이불자락을 쥔 손이 떨리고 있었다. 강해져야 해. 이모의 목소리가 귓전에서 울렸다. 곧이어 월선녀의 목소리가 이명처럼 웅웅거렸다.

"잡귀는 밖에서 오는 게 아니다. 내 안에서 호시탐탐 기회를 엿보고 있던 잡귀가 밖에 있던 놈에게 도움을 청하는 거야. 내 안에 있는 잡귀를 다스리지 못하면 끝내는 잡귀들이 분탕질한 속으로 떨어지고 말지.”

힘이 있어야 해. 입버릇처럼 그 말을 허두로 떼던 월선녀. 그녀의 목소리를 다시 듣고 싶었다. 이젠 진짜로 힘을 얻는 비결을 알고 싶었다. 돌아갈 수만 있다면 시장에 가서 떡볶이 먹자는 말도, 같이 잠자리 잡으러 가자는 말도 다시는 하지 않을 자신이 있었다.

“목표액을 달성하면 너 하고 싶은 대로 해. 영화를 하든지 연극을 하든지 맘대로 하라고.”

그의 말에 은영은 혀를 차다가 손으로 탁자를 치다가 끝내는 쥐고 있던 콘티를 던져 버렸다.

“내가 자기 돈벌이 도구야? 이러려고 나랑 살자고 했어?”

“왜 또 그래…… 너도 동의하고 시작한 일이잖아?”

“남녀 간의 알콩달콩한 연애를 스케치한 브이로그 운영하자고 했지, 말초신경이나 자극하는 하드코어를 만들자고 했어?”

“하드코어라니, 섹스는커녕 성기 노출도 없는데 그건 좀 심한 말 아냐?”

“그래? 그럼 이건 어때, 공연음란죄에 해당하는 행위!”

설전 끝에 합의했다. 마지막으로 한 번만 찍고 종료하자고. 그 말은 새로운 BD 영입을 시사하는 것이기도 했다.

은영은 그의 제안을 충실히 반영한 콘티를 건넸다. 마지막이라 생각하고 작업해서인지 평소와는 달리 터치가 세밀했다.

"피해자의 상처를 헤집는 게 아닐까? 장소를 굳이 나이트클럽으로 할 이유가……."

은영은 버릇처럼 아랫입술을 깨물었다. 이건 아니다 싶었지만, 약속은 약속인지라 어쩔 수 없이 콘티를 짰다. 하지만 작업을 마무리한 그때까지도 마음이 불편했다. 아니, 불안하다고 하는 편이 맞겠다. 초창기에 찍었던, 그러니까 비키니와 정장을 번갈아 입고 찍었던 동영상이 생각났다. 그 무렵 찍은 동영상들은 그래도 창의성이란 측면에선 봐줄 만했다. 역발상은 개뿔, 시간이 갈수록 지리멸렬해졌다. 그는 뉴스에 나온 이슈 중 성추행 몰카 도착증 따위의 음습한 이야기들을 수집했다. 그리고 그것들을 모티브로 한 영상물을 만들었다. 그중 8할은 말초적 쾌감을 자극하는 저질 에로물이었다. 대중들은 혐오하면서도 그런 것들에 관심을 기울인다. 왜냐면 인간이라면 누구나 관음증을 생래적으로 갖고 있기 때문이다. 그의 지론은 그랬다.

"자괴감에 빠질 이유가 없어. 이것도 창작이야. 네가 존경하는 키에슬로프스키나 제임스 카메론, 박찬욱 같은 감독들도 마찬가지야. 그들이 찍은 영화도 어차피 사회에 만연한 비리 중 상품성이 있는 걸 콕 집어내 각색한 거야. 내 말 틀려?"

그들은 비천한 것을 예술적으로 승화한 데 반해 당신은 비천한 것을 더 비천하게 아니, 비참하게 만들어 버리잖아. 적어도 그들이 만든 영상엔 납득할 만한 이야기라는 게 있어. 하지만 은영은 그 말을 삼켜버렸다. 이번 한 번만 하고 끝낸다. 그 생각만 하기로 했다. 그러는 자신이 때로 미워지기도 했다. 자신의 마음을 예사로 할퀴는 그를 여전히 사랑한다는 사실이 스스로도 믿기지 않을 때가 있었다. 그의 어떤 점이 좋을까. 곰곰 생각해 봤지만 뚜렷한 답이 나오지 않았다. 돌아가신 아빠를 보는 듯해서? 그럴지도 몰랐다. 불의의 사고로 죽은 그날까지 그녀를 홀로 키운 그녀의 아빠도 일찍 부모를 여의고 청년기를 외로이 보낸 사람이었다. 작업에 몰두하고 있는 그의 등을 보다가 처음 만났던 순간을 떠올렸다. 은영은 그때의 그가 좋았다. 제작비도 건지지 못한 영화였다. 은영은 전체 신 중 3분가량 나오는 단역을 맡았고 그는 연출부 소속이었다. 봉두난발에 허름한 티셔츠 한 장만 걸친 채 반사판을 들거나 촬영 장비를 낑낑대며 옮기던 그가 그리운 이유가 뭘까. 순수한 열정 때문인지도 몰랐다. 물론 지금의 그도 열정이 충만했다. 하지만 방향이 문제였다. 지금의 그는 타인의 불행을 가공하는 사람이었다. 은영이 보기에 그렇게 가공된 상품은 또 다른 불행의 빌미가 될 가능성이 컸다. 구독자 수와 수익성 제고에 연연하는 그에게 더 이상 순수함이라는 수식어를 붙일 순 없었다. 그리고 그때만 해도 부적 따위에 의미 부여를 하진 않았다. 어디서 났는지 상형문자를 닮은 글이 붉게 수놓인 부적을 그는 수시로 꺼내 보았다. 코팅까지 한 그 부적만큼은 그녀조차도 쉬 만질 수 없었다. 그녀가 참다못해 한마디 하면 "이게 단순한 부적이라고 생각하는 거니?" 하며 불쾌한 표정을 지었다. 진심을 몰라주는 그가 야속했다. 첨단 카메라와 부적의 얽힘이 주는 모순이랄까 언밸런스를 지적한 말의 이면엔 정상궤도를 일탈하는 그를 걱정하는 마음이 담겨 있었다. 그의 발을 이불 안으로 넣으며 은영은 생각했다. 그래도 이이는 내 진면목을 알아준 유일한 사람이야.

그와 마지막으로 찍을 동영상은 한 달 전 핫이슈가 되었던 사건에서 힌트를 얻은 것이었다. 나이트클럽의 댄스 배틀에 참가했던 젊은 여성이 특설무대에서 추락한 사고였다. 그 사고로 여성은 반신불수가 되었다는 기사가 떴다. 문제는 동영상 플랫폼 운영자들의 태도였다. 그들은 사고에 초점을 맞추기보다 댄스 배틀에서 우승자가 되기까지의 과정을 부각했다. 요컨대 누가 더 선정적인 포즈을 취하느냐에 따라 점수가 달라진다는 것. 여성들의 노출은 상상 이상이었다. 유튜브에 올라온 영상들도 죄다 그런 쪽으로 편집한 것이었다.

이번에도 그는 차별화를 강조했다. 국부만 티팬티로 가리고 전신을 패인팅하기로 했다. 엉덩이 부분은 하얗게, 나머지 부분은 마치 카멜레온처럼 울긋불긋 색칠하기로 했다. 얼핏 특정 동물이나 곤충을 떠올리게 하는 컬러풀한 색조의 이미지는 현란한 조명을 받으며 파도처럼 꿈틀대겠지. 외설과 퍼포먼스는 종이 한 장 차이야. 그는 득의의 미소를 지었다.

댄스 배틀이 벌어지기 이틀 전 그와 그녀는 다른 나이트클럽에 갔다. 일종의 견학학습이었다. 거기서 그녀는 배틀 댄스에 참가할 자격을 영구히 박탈당했다.

스코프에 그려진 십자선 가운데에 지프차가 들어왔고 이어 조수석에 앉은 타깃이 잡혔다. 거리측정기를 든 부사수 케빈이 980, 짧게 내뱉었다. 바람의 세기와 방향을 계산한 케빈이 낙차 각도를 말했다. 1.3 클리크 조정, 그는 영점을 수정했다. 탄환은 약간의 바람에도 1㎞마다 70m 이상 벗어난다. 다행히 바람은 그리 심하지 않았다. 타깃은 러시아 기갑연대 부사령관이었다. 구레나룻을 덥수룩하게 기른 작자였다. 그는 작자의 머리를 한 번 더 확인했다. 그는 가슴보다는 머리를 선호했다. 방탄복도 문제지만 가슴은 차단벽 따위에 가려져 조준점을 일탈하는 경우가 있었다. 배럿 M82, 화력이 막강한 대물 저격총이다. 구경이 무려 12.7㎜, 이 정도 구경이면 머리는 수박처럼 으깨질 터이다. CP에서 제공한 정보에 의하면 작자는 하차하지 않고 몇 가지 지시사항만 전하고 곧바로 떠날 것이다. 일상적 업무의 일환이라는 말이었다. 타깃 대상이 지프차에 머무는 시간은 5분 남짓. 그는 시계를 보았다. 2분 남았다. 그는 심호흡을 한 뒤 짧게, 숨을 조금씩 내뱉었다. 그만의 루틴이다. 그는 케빈이 일러준 각도에 맞게 총구를 높였다. 숫제 덤불과 일체가 된 그들을 외부에서 식별하기란 거의 불가능했다. "지금이야 YD!" 케빈이 신음을 내뱉듯 말했다. 케빈은 그가 일러준 별칭을 별생각 없이 그대로 썼다. 녀석, 내가 어떤 황룡이었는지 알면 꽤 놀랄걸. 그의 머릿속으로 불티 같은 생각이 스쳤다. 그는 방아쇠를 당겼다. 망원경을 든 케빈이 짧게 외쳤다. "태박!" 케빈은 그가 가르쳐 준 대박을 번번이 그렇게 발음했다. 둘은 장비를 수습한 뒤 재빨리 현장을 떠났다.

러시아 군용트럭 한 대가 서 있었다. 반나마 허물어진 주택 현관 앞 마당이었다. 그는 걸음을 멈추고 그쪽으로 몸을 돌렸다. 케빈이 그의 어깨를 잡으며 제지했다. "이럴 시간 없어 YD." 그가 손가락으로 트럭 옆의 우물가를 가리켰다. 머리에 두건을 두른 여인이 쪼그리고 앉아 뭔가를 씻고 있었다. 여인의 곁엔 러시아 군인 하나가 서 있었다. 그는 권총을 빼 들고 접근했다. 어쩔 수 없다는 듯 케빈도 소총의 안전장치를 풀고 그의 뒤를 따랐다. 그들을 본 여인이 입을 벌리고 일어섰다. 여인의 손에서 털이 거의 다 뽑힌 닭이 떨어졌다. 군인이 소총을 집어 드는 걸 케빈이 저지했다. 케빈은 군인의 소총을 나꿔챘다. 그가 손가락을 입에 갖다 대었다. 방 안에서 인기척이 났다. 케빈이 총구로 벽을 가리켰다. 군인과 여자는 시키는 대로 벽을 향해 섰다. 케빈이 러시아 군인에게 뭔가를 묻고는 그에게 손가락 하나를 세워 보였다.

방 안에 군인이 하나 더 있다는 말이었다. 케빈이 그들을 감시하는 사이 그는 한 번 더 손가락을 입에 대 보인 뒤 문손잡이를 당겼다. 그의 눈에 들어온 건 색 바랜 소파 앞에 엉거주춤 서 있는 군인이었다. 군인은 바지를 무릎까지 내린 상태였다. 군인이 이쪽으로 상체를 돌리자 뒤쪽에 있던 여자의 모습이 드러났다. 여자의 발목에 속옷이 걸려 있었다. 군인이 아연한 표정을 지었다. 여자가 짧게 비명을 지르며 주저앉았다. 여자의 엉덩이와 속옷에 묻은 피를 본 순간 그는 아랫입술을 깨물었다. 선입견은 단순한 생리혈을 치명적 출혈로 치환했다. 군인이 그의 눈치를 살피며 바지를 올리고 있었다. 소파 끝에 소총이 비스듬히 세워져 있었다. 그의 머릿속으로 몇몇 장면이 빛보다 빠르게 지나갔다. 키이우의 외곽 이반키우에서 보았던 여성의 시신. 시신의 배엔 나치를 상징하는 심벌인 하켄크로이츠(卐)가 새겨져 있었다. 부차의 건물 지하실에선 그보다 많은 시신을 보았다. 그리고…… 그녀, 은영의 모습. 권총을 쥔 손에 힘이 들어갔다. 그와 은영은 특설무대가 잘 보이는 곳에 자리를 잡았다. 30분 후에 댄스 배틀이 시작된다는 예고가 있었다. 은영은 관객 자격으로 와서인지 사뭇 여유 있는 표정으로 술잔을 기울였다. 그도 홀가분하긴 마찬가지였다. 한 번만 더하면 더 이상 은영과 입씨름하지 않아도 된다. 그는 남은 술을 들이켰다. 굳이 은영이 아니어도 문제 될 건 없었다. 오히려 신선한 얼굴이 필요한 시점이기도 했다. 아니, 그보다 중요한 이유가 있었다. 이제 그도 은영이 에로배우라는 말을 듣는 게 싫었다. 쇼타임이 가까워질수록 분위기가 뜨거워졌다. 주머니에 넣어둔 핸드폰이 진동을 했다. 그는 발신자를 확인했다. 광고 협찬사였다. "시끄러워서 안 되겠어. 밖에서 통화하고 올게." 은영에게 말한 뒤 밖으로 나왔다. 통화가 길어졌다. 하지만 이쪽에서 먼저 끊을 사안이 아니었다. 목돈을 움켜쥘 수 있는 기회였다. 한참 지나서야 그는 자리로 돌아왔다. 은영이 없었다. 플로어에도 없었다. 전화를 했다. 소파 위에서 불빛이 깜박였다. 은영의 핸드폰이었다. 싸한 느낌이 목덜미를 훑고 갔다. 그는 황급히 여자 화장실로 갔다. 아무리 불러도 대답이 없었다. 그를 본 여자들이 노골적으로 적의를 드러냈다. 탈의실로 뛰어갔다. 한 곳은 잠겨 있었고 세 곳은 열려 있었다. 가장 안쪽에 은영이 있었다. 은영은 간이탁자에 엎어져 있었다. 발목에 걸린 속옷이 눈에 들어왔다. 눈에 익은 보랏빛 꽃무늬 문양이었다. 범인은 잡히지 않았다. 부검 결과 은영의 몸에선 남자의 정액 외에도 치사량의 필로폰이 검출되었다. 누군가가 건넨 단 한잔의 독배가 채널의 실세를 앗아간 것이었다. "힘없는 여자를 강간이나 하는 나쁜 새끼!" 그의 입에서 튀어나온 거친 목소리. 군인이 팔을 움직인 것과 그가 방아쇠를 당긴 것은 거의 동시였다.

"다행히 살갗을 찢고 나갔어." 케빈이 머플러로 그의 팔뚝을

묶어 지혈했다. 케빈은 한 손으로 그의 어깨를 끌어안고 또 한 손으로 카메라를 들어 사진을 찍었다. "제대로 찍은 것 같군. 전투병다운 모습이야." 즉석에서 인화된 사진을 그에게 보여 주었다. 일그러진 표정의 그와는 달리 케빈은 제법 여유 있는 표정을 짓고 있었다. 한때 아프리카에서 용병으로 일한 적이 있다고 했던가. 그는 케빈의 얼굴을 새삼스레 건너보았다. "사진 한 장 남긴다고 나쁠 건 없지. 안 그래 YD?" 자작나무 숲이었다. 나무에 기대어 한숨 돌리고 난 케빈이 그를 향해 폴라로이드 카메라를 들어 보였다. 어디서 난 거야? 눈으로 묻는 그에게 "트럭 조수석에 있더군. 내가 볼 때 우크라이나인에게 강탈한 거야. 그러니 도둑질한 게 아니지." 그렇게 말하며 케빈은 벌쭉 웃었다. 그 와중에 그것을 챙기다니…… 케빈, 넌 정말 강심장이야. 그는 가쁘게 숨을 몰아쉬었다. 머리가 허전했다. 방탄모 대신 머리칼이 잡혔다. 손으로 머리를 쓰다듬던 그는 그제야 방탄모 안에 붙여 두었던 부적이 생각났다. 러시아 군인을 쏜 그는 비틀거리며 밖으로 나왔다. 케빈이 안 봐도 알겠다는 듯 총구를 벽에 기대고 서 있는 군인에게로 돌렸다. 군인이 사색이 되어 손을 저었다. 부들부들 떨며 상의 주머니에서 뭔가를 꺼냈다. 사진이었다. 갈색 웨이브 머리의 여자와 연녹색 뿔테안경을 쓴 여자아이였다. 여자아이는 수줍게 웃고 있었다. 사진 속 모녀와 연신 빌고 있는 작자를 물끄러미 바라보던 케빈이 턱으로 출구를 가리켰다. "마음 변하기 전에 꺼져." 그와 케빈이 출구에 다다랐을 때 누군가가 그들을 불렀다. 둘은 동시에 돌아봤다. 방 안에 있던 젊은 여자였다. 여자는 소총을 들고 있었다. 새된 목소리가 들리는가 싶더니 총성이 울렸다. 그는 머리에 강한 충격을 받고 휘청거렸다. 두 번째 총성이 울렸고 그는 무릎을 꺾었다. 그의 왼팔에서 피가 흐르고 있었다. 젠장. 케빈은 그를 일으켜 세우곤 끌다시피 하며 뛰었다. 총성은 한 번 더 울리고서야 잠잠해졌다. 그 같은 돌발상황이 무엇을 의미하는지 그는 도무지 이해할 수 없었다. 충격으로 이렇게 된 거지 뭐. 케빈이 손가락으로 관자놀이 부근을 빙빙 돌렸다.

똑같은 포즈로 한 장 더 찍은 케빈이 카메라를 풀숲으로 던졌다. "마지막 필름이었어." 풀쩍 뛰어가는 짐승이 있었다. 짐승은 얼마쯤 뛰어가다 돌아서서 이쪽을 보았다. 오소리였다. 오소리의 입에는 얼룩무늬 뱀이 물려 있었다. 그는 케빈이 건넨 사진을 들여다보았다. 피사체가 된 자신의 모습이 낯설었다. 어릴 때부터 그랬다. 카메라 앞에만 서면 쭈뼛거렸다. 카메라 렌즈는 아이들의 눈과 같았다. 니네 엄마 무당이라며? 그런 시선 앞에서 당당히 고개를 들 순 없었다. 그의 손에 카메라가 쥐어졌을 때 비로소 자신감이 생겼다. 그는 제2의 눈을 갖게 된 셈이었다. 그에게 노출된 대상은 단순한 피사체가 아니라 그에게 복종하는 다종다양한 체급의 상대였다. 올림푸스. 그는 입속말로 중얼거렸다. 월선녀가 중학교 입학선물로 사 준 것이었다. 그 수동식 필름카메라가 그의 진로를 결정지었다 해도 무방했다. 손 닿지 않는 세계를, 손쓸 수 없는 상대를 완벽하게 장악할 수 있다는 사실에 그는 미혹되었다. 얼마 되지 않는 용돈은 필름 구매와 사진 현상비로 나갔다. 신당에 불이 났다는 소식을 들은 날도 그는 그 카메라를 들고 현장을 찾았다. 구경꾼들이 몰려나와 숙덕거리고 있었다. 시간이 충분했을 텐데…… 왜 안 나왔을까. 이런저런 그림 쪼가리며 무구며 어디 그뿐이야? 몸주 신인가 뭔가…… 그딴 것들 챙기다가 변을 당한 거지 뭐. 행방불명되었다던 그 화랭이가 돌아와 불을 질렀다는 말이 있던데? 그 말을 듣는 순간 화랭이 아저씨의 손이 아니, 손가락이 생각났다. 이상한 게 없니? 아저씨는 그의 눈앞에 두 손을 들어 보였다. 그는 고개를 가로저었다. 새끼손가락! 아저씨가 두 손을 쥐었다 펴 보이며 말했다. 그러고 보니 아저씨의 왼손 새끼손가락은 오른손의 그것에 비해 약간 굽어 있었다. 씨름을 그만둔 이유지. 아저씨가 길게 숨을 내쉬자, 술 냄새가 끼쳐왔다. 그는 미간을 찌푸리며 잠시 숨을 멈추었다. 새끼손가락을 다치는 바람에 씨름을 그만두었다고 했다. 취미로만 하던 일이 생업이 될 줄 몰랐다며 아저씨는 북을 두드리는 시늉을 해 보였다. 신명을 돋우고 명줄을 대차게 잡을 수 있게 조력하는 일이라 여겼지. 아저씨의 눈길이 허공 어딘가에 고정되었다. 그는 아저씨의 시선이 머문 곳을 살폈지만, 그냥 어둠뿐이었다. 그게 사람들을 기망하는 일, 그 일에 일조하게 되리라는 걸 어떻게 알았겠나. 한참 만에 입을 연 아저씨는 그의 얼굴을 찬찬히 살피더니 한마디 잇대었다. 처음부터 그랬던 건 아니라고 들었다. 그 사람 말이다. 여전히 술 냄새가 풍겼지만, 그는 얼굴을 돌리지 않았다. 그 사람. 아저씨가 월선녀를 그런 식으로 지칭하는 건 처음이었다. 하긴 포한을 품은 여자의 마음을 내가 다 안다고 할 수 없으니. 아저씨는 혼잣말하듯 중얼거렸다. 그래도 너무 모지락스러워. 종로에서 뺨 맞고 한강에서 눈 흘기는 격이지.

그는 그날 뷰파인더로 불타버린 신당의 모습을 여러 각도에서 포착했다. 그리고 그날 밤 그간에 모아 둔 사진들을 보며 밤을 지샜다. 월도를 쥔 월선녀는 여전히 도도한 모습이었다. 그는 끝끝내 울지 않았다.

'용의 전쟁' 새로 단장한 채널의 제목이었다. 전쟁과 관련된 키워드를 새로 만들고 포토샵을 이용해 썸네일 이미지도 파격적 구도로 추출했다. 어떤 기자는 환골탈태라는 말을 썼다. 여론의 뭇매를 맞고 우크라이나로 도피했던 YD, 금의환향하다. 퇴폐의 늪에서 빠져나오지 못하던 이무기, 정말로 용이 되어 비상하는가. 우호적인 댓글이 이어졌다. 아닌 게 아니라 그는 웅비하는 용의 기세로 다시 일을 시작했다. 우크라이나와 러시아 간의 대소 전투 상황을 일목요연하게 꾸미고 거기에 자신의 경험치가 녹아든 해설을 곁들였다. 망각은 인간생존에 불가결한 조건이라는 말은 백번 옳은 말이었다. 구독자가 늘고 조회 수 또한 급속도로 상승했다. "이번에 새로 출시한 마블 히어로 시리즈 말인데요," 엊그제엔 10만이 넘는 마니아를 보유한 업체 '위너 피규어'에서 협찬을 요청해 왔다. 선과 악의 대비가 뚜렷한 우주 전투에 등장하는 피규어들이었다. 그는 이게 다 부적의 힘이라고 믿었다. 그게 아니라면 뭐란 말인가. 그는 부적 덕분에 총알을 피할 수 있었다. 더는 부적을 지닐 수 없다는 게 안타까웠다. 월선녀는 그에게 단 한 장의 부적만 남겼다. 화재가 나고 이틀째 되던 날 밤 그는 철제서랍 안쪽에서 철 지난 참고서를 꺼냈다. 푸르르 갈피를 넘기자 그게 꽂힌 페이지가 펼쳐졌다. 붉은 색조를 띤 부적이었다. 처음으로 참고서를 사 준다고 감격했는데 알고 보니 참고서는 부적을 나르는 셔틀이었다. 그는 지하상가의 팬시점에서 부적을 코팅했다. 왜 그랬는지는 그 자신도 명쾌하게 설명할 수 없었다. 어쩌면 무협지를 탐독한 때문인지도 몰랐다. 거개의 무협지들엔 스승이 무술의 비기祕記를 제자에게 은밀히 전하는 장면이 있었다. 부적을 지님으로써 월선녀의 힘을 전수할 수 있다면 더 바랄 나위가 없었다.

그는 브란덴부르크 협주곡 1번을 들으며 기상했다. 은영이 가장 좋아했던 곡이었다. 클래식엔 문외한이었던 그도 왠지 그 곡을 들으면 기운이 났다. 아침 햇살 아래서 안무를 연습하는 무희들의 생기발랄한 모습을 연상시키는 곡. 그는 그 곡을 기상 알람으로 설정했다. 그는 선율에 맞춰 가볍게 스텝을 밟았다. 거실에 나가서도 콧노래를 흥얼거렸다. 이대로 간다면 머지않아 그가 그토록 꿈꿨던 영화를 직접 만들 수 있는 날이 올 것이다. 그는 기획은 물론 연출과 제작을 겸할 생각이었다. 문득 땡볕에 땀을 뻘뻘 흘리며 무거운 촬영 장비를 나르던 자신의 모습이 떠올랐다. 그는 고개를 저었다. 그의 시선이 창밖 고층건물 꼭대기로 향했다. 한 번도 본 적이 없는 사내를 떠올렸다. 친부. 혹 그자를 만나더라도 아버지라고 부르진 않을 거라고 그는 생각했다. 그자는 태생적 힘으로 세력을 확장한 반면 그는 적수공권으로 힘을 비축해 왔다. 거쳐온 도정에서의 풍경만큼이나 이질감 역시 확연할 터였다. 무엇보다 그자는 월선녀와 그에게 재앙을 안겨주었다. 결과적으로 어떤 부적도 그자가 심은 액운을 완벽히 막지 못했다. 아니, 어쩌면 그자가 액운이었다. 시간을 단축해야 해. 그는 웅얼거리며 시계를 보았다. 무기 전문가와 만나기로 한 날이었다. 서방 진영에서 우크라이나에 지원한 무기의 제원을 심도 있게 설명해 줄 게스트가 필요했다. 이후엔 다연장로켓이 목표지점을 강타하는 모습을 실감 나게 묘사해 줄 그래픽 디자이너와의 만남이 있었다. 두 시간 남짓 여유가 있었다. 그가 스트라이프 셔츠를 입고 거울 앞에 섰을 때 핸드폰이 울렸다. "쓰레기 같은 놈. 용이라고? 넌 미꾸라지 축에도 못 들어 새꺄." 귀에 익은 목소리였다. 누구? 그가 입을 떼기도 전에 전화가 끊겼다. 그것을 시작으로 전화가 이어지기 시작했다. 하나같이 요령부득한 말을 쏟아놓곤 일방적으로 전화를 끊었다. 모든 약속이 취소되었다. 그는 아연한 표정으로 의자에 앉았다. "뉴스 안 봤어요?" 전화를 받은 디자이너는 반문하더니 지금 작업 중이라서, 하고는 전화를 끊었다. 그는 리모컨을 가져와 뉴스 전문채널을 눌렀다. 5분도 안 되어 그의 얼굴이 나왔다. 출국하던 때의 모습이었다. 무너져 내린 가옥과 눈에 익은 군용트럭을 배경으로 한 여자가 서 있었다. 그는 움찔했다. 러시아 군인과 함께 있던 여자였다. 여자는 울먹이며 뭐라고 계속 떠들고 있었다. 카메라의 앵글이 여자가 들고 있는 것을 끌어당기더니 천천히 확대했다. 그의 입에서 신음소리가 나왔다.

그를 타깃으로 한 채널이 우후죽순처럼 생겨났다. 사이버렉카(핫이슈를 영상화해서 이득을 챙기는 유튜버)들이었다. 그들에게 그는 좋은 먹잇감이었다. 그는 조회 수가 가장 많은 채널을 열었다. '저주를 불러온 부적'. 자극적인 제목이 걸려 있었다. 제목 아래에 눈앞에서 연인을 잃은 비련의 여인이라는 부제가 붙어 있었다. 여자가 말할 때마다 한글 자막이 떴다. 그자는 저항 의지도 없는 사람에게 총을 쐈어요. 무기도 들지 않은 사람에게. 포로를 그렇게 죽여선 안 되잖아요. 그의 눈앞으로 총에 맞아 고꾸라지던 러시아 군인의 모습이 슬로모션으로 지나갔다. 소총 쪽으로 팔을 뻗치는 걸로 보였다. 어쩌면 치켜드는 동작이었을지도 몰랐다. 그는 우크라이나 군인이 아니었어요. 분명히 동양인이었어요. 내 생각이 맞다는 걸 TV를 보고 알았죠. 여자의 목소리는 높낮이의 변화가 심했다. 그가 기갑연대 부사령관을 저격한 사건은 대서특필되었다. TV는 물론 수많은 유튜브 채널에 그의 얼굴이 올라왔다. 그가 한 일은 상당히 부풀려져 보도되었다. 여자의 말이 끊기는가 싶더니 화면이 바뀌었다. 결정적 증거라는 타이틀이 올라왔다. 곧바로 유튜버의 육성이 들려왔다. 유튜버의 이름은 번개였다. 그는 화면을 응시했다. 방탄모 안에 부착했던 부적이었다. 번개는 그것이 인플루언서 YD의 것이라고 했다. 이어 그와 케빈이 어깨동무하고 있는 모습이 나왔다. 그가 들고 있는 방탄모가 확대되는가 싶더니 안에 있는 부적이 드러났다. 여자가 제시한 부적과 일치했다. 그는 영웅이 아니라 명예에 갈급한 한낱 소영웅주의자에 지나지 않습니다. 붉은 자막이 떴다. 순간, 그는 세상의 모든 카메라가 그를 향하고 있는 듯한 느낌에 사로잡혔다. 러시아 군인과 우크라이나 여자는 연인 사이였습니다. 한때 소련 연방에 속해 있던 우크라이나는 사회 문화적으로 러시아와 밀접한 관계에 있을 뿐만 아니라 이들처럼……. 그는 음 소거 버튼을 눌렀다. 돌연 화면이 바뀌고 낯선 여자가 등장했다. 여자와 부적이 양각처럼 도드라지며 교차했다. 몽타주 기법이었다.

BD의 친구라는 표제자막에 이어 증언, 고백, 나쁜 남자 같은 말들이 이어졌다. 번개, 발 빠른 작자였다. 소리가 죽어 있었지만 어떤 내용인지 짐작할 수 있었다. 은영이 했던 말이 떠올랐다. 부적이 자기를 지키는 게 아니라 자기가 부적을 지키는 거 같아. 그러니까 자기는 저 부적의 부적이란 말이지. 그는 리모컨을 눌러 부적이 나오는 부분을 되돌려 보았다. 그때 핸드폰이 울렸다. 장면을 정지시키고 통화버튼을 눌렀다. 경찰이었다. 그의 이름을 확인한 경찰은 다짜고짜 출석 날짜를 통고했다. 자세한 내용은 서신을 참조하라고 했다. 그는 대답없이 전화를 끊었다. 부적에서 미끄러져 내린 시선이 핸드폰을 쥔 손에 닿는 순간 귓속으로 바짝 마른 검불을 문지르는 듯한 목소리가 스며들었다. 하찮게 보인다고 함부로 부정하고 능멸하면 부정 탈 공산이 크지. 그럼! 말장난같이 들렸다. 당시의 그로서는 전혀 이해할 수 없는 말이었다. 줌렌즈를 당긴 듯 화랭이 아저씨의 불콰한 얼굴이 눈앞에 솟아올랐다. 무슨 대단한 비의를 털어놓기라도 했다는 듯 아저씨의 눈은 어느 때보다 웅숭깊다. 그가 어리뜩한 표정으로 쳐다보자 아저씨는 실쭉 웃으며 그의 어깨를 감싸 안는다. 이모 집에 간다고? 여기서 아주 먼 곳이라고 들었다. 정말 잘된 일이야. 단언컨대 우리 준서는 부정 탈 일이 절대 없을 거야.

그 말은 보기 좋게 빗나간 셈이었다. 이유가 뭘까. 결국은 약해진 탓이라고 그는 생각했다. 그러다 그는 저도 모르게 입술을 깨물었다. 화랭이 아저씨의 말대로라면 월선녀 역시 종당엔 부정을 탄 셈이 되는 것이다. 그렇다면 그는 부정 탄 사람이 만든 부적을 쓴 것이었다. 그는 입술을 깨문 채 천천히 고개를 저었다. 화랭이 아저씨 또한 현장에서 질식사함으로써 미제사건으로 종결되었다. 사람들은 화랭이 아저씨를 범인으로 단정지었지만 어디까지나 추정일 뿐이다. 머릿속에서 돌개바람이 이는 듯했다. 백번 양보해도 아니, 굳이 말하자면 부정이 개입한 게 아니라 불가항력의 운명이 개입한 것이다. 그는 운명에 맞서겠다는 듯 허리를 곧추세우고 가슴을 폈다. 그리고 심호흡을 했다. 너는 누굴 닮아서 이렇게 부실할까. 밥을 깨작거리는 그를 볼 때마다 월선녀가 했던 말. 그럴 거야. 모든 게 부실해서 생긴 일이야. 꼭 부적이 아니어도…… 그래, 월선녀의 월도 같은 게 필요할지도 몰라. 그는 주저앉은 자리에서 웅얼거렸다. 불에 탄 신당이 떠올랐다. 월선녀가, 화랭이 아저씨가, 그리고 그와 은영이 잿빛 가루를 날리며 의식 속으로 침잠했다. 그는 손을 내저었다. 두어 번, 날벌레를 쫓듯 내젓던 그의 손은 어느새 뭔가를 움켜쥔 모양이 되어 허공을 휘저었다. 찢긴 허공의 틈새로 크게 부풀려진 검은 눈이 떠올랐다. 지금껏 숨어서 지켜보던 눈일 것이다. 눈앞에서 순식간에 커지는 눈을 향해 그는 손에 쥔 그것을 힘차게 찔러 넣었다.

시점과 관점

방 안의 물건을 이전 상태로 복원해 줄 것. 의뢰인, 그러니까 고인의 아들이 윤에게 주문한 내용의 골자였다. 분명 복원이라고 했다. 여하간 깨끗이 아니, 모든 흔적을 완벽히 지워달라는 통상적 주문과는 거리가 멀어도 한참 멀었다. 특수청소업체를 운영하면서 그런 주문은 처음이었다. 복원해 달라니, 말 그대로 특수한 방법으로 정리하고 버리는 일을 전문으로 하는 업체라는 걸 몰라서 하는 소리일까. 처음엔 실의에 젖은 의뢰인이 무망중에 실언을 한 줄 알았다. 하지만 의뢰인의 눈빛은 진중했다. 윤이 물건을 복원해 달라고 하셨냐, 재차 묻자 의뢰인은 말없이 고개를 끄덕였다. 그러곤 어머니의 당부라고 했다. 유언도 아니고 당부라니, 그 또한 납득되지 않는 말이었다. 하긴 유언이라고 해도 이상하긴 마찬가지였다. 이용 약관은 차치하고 상식과도 거리가 먼 그 일을 윤이 맡은 이유는 단 하나, 의뢰인이 대학 선배의 친구였기 때문이다. 대학 시절 그 선배는 진로 문제로 고심하던 윤에게 적잖이 도움을 주었었다. 아니, 어쩌면 하나 더 있을지도 모르겠다. 고인은 윤의 어머니와 비슷한 연배였다.

"오해하신 모양인데…… 백 퍼센트 원상회복을 요구하는 게 아닙니다. 물론 원래 상태로 돌릴 수 있으면 좋겠지만 그게 어렵다는 건 저도 압니다. 제가 부탁드리는 건 같거나 비슷한 물건으로 대체해 이전의 분위기를 연출해 달라는 거예요."

연출이라니, 점입가경이었다. 하지만 윤은 심상한 표정으로 고개를 끄덕였다. 궁즉통窮則通. 윤의 신조였다. 메주 냄새까지 살릴 순 없겠지만…… 의뢰인은 혼잣말처럼 중얼거렸다. "메주요?" 윤의 물음에 의뢰인은 그렇다는 거죠 뭐, 하곤 손으로 턱을 문질렀다. 고인은 방에서 메주를 띄웠다고 했다. 그 때문에 방은 늘 쿰쿰한 냄새가 배어 있었다면서 의뢰인은 코를 막는 시늉을 해 보였다. 의뢰인의 요구를 충족시키자면 추깃물이 밴 이부자리나 장판은 물론 모든 유품을 좀 더 꼼꼼히 카메라에 담아야 했다. 모두 연조가 오래된 것들이라 그런다고 해서 구입할 수 있을지는 의문이었다.

윤은 방호복으로 갈아입고 천천히 고무장갑을 낀 뒤 방안을 둘러보았다. 일주일이 안 되어 시신이 발견되었다고 했다. 혈흔과 분비물의 양도 적어 발 덮개까지는 필요 없어 보였다. 게다가 바닥 설비공사의 부담도 덜었다. 어쩌면 이전의 모습을 되살릴 수도 있겠다 싶었다. 도구함에서 연막분무기를 꺼내어 탁자 발치에 놓았다. 문득 지난주에 작업했던 원룸이 떠올랐다. 혼자 살던 젊은 여자였는데 주방으로 이어진 가스 파이프에 목을 매달았다. 시간이 꽤 지나 발견된 시신은 부패가 심해 원래의 모습을 찾을 수 없었다. 윤이 차에서 폐기물 수거함을 내리고 있는데 건물주가 다가와 했던 말을 또 했다. 다른 입주자들에겐 비밀에 부쳐달라는 말. 악취가 난다고 연락한 게 옆집이라지 않았어요? 윤의 말에 건물주는 집게손가락을 입에 가져갔다. 옆집에 살던 독신녀는 그다음 날 곧바로 방을 뺐고 다행히 그 왼쪽 방은 공실이었다는 것이다. 건물주를 보내고 본격적인 청소에 들어갔다. 먼저 구더기들을 쓸어 담은 뒤 바닥에 들러붙은 핏물과 기름 막을 제거하고 스팀세척기를 가동했다. 바닥재는 장판이 아니라 데코타일이었다. 특수 약품과 살균성 소취제를 살포했는데도 시취屍臭는 여전했다. 액젓을 들이부은 듯한 냄새. 아니 그 이상이었다. 무엇으로도 설명할 수 없는 특이한 냄새. 데코타일을 들춰 보았다. 아니나 다를까 틈새를 파고든 부패액이 콘크리트 바닥까지 내려간 상태였다. 저 정도면 보일러 배관 아래까지 침습했을 터, 바닥 설비공사는 피할 수 없어 보였다. 차근차근 짐부터 정리했다. 성급하게 바닥을 들쑤셨다간 배설물이 튈지도 모른다. 시계를 보니 그새 점심시간이었다. 같은 작업조인 김 씨와 주차장 뒤켠의 벤치에서 빵으로 요기를 한 뒤 오후 작업에 들어갔다. 서랍을 정리하던 윤은 종이 한 뭉치를 발견했다. 이력서 사본이었다. 얼추 오십 장이 넘었다. 어느결에 윤은 이력서를 넘기고 있었다. 이름조차 생소한 중소기업이 대부분이었다. 동네 마트를 대상으로 한 이력서도 있었는데 빈칸이 많은 걸로 봐서 실행에 옮기진 않은 듯했다. 그녀의 최종학력은 모 여자대학교 국문과였다. 이력서에 적힌 어느 부서와도 연결되지 않는 과였다. 산 입에 거미줄 치랴. 그 말을 떠올리며 윤은 혀를 찼다. 아직 젊은데 취직이 힘들다고 죽을 건 뭐람. 공무원 기출문제집 위에 놓여 있던 수첩을 뒤적이던 윤의 손이 멎었다. 넌 나를 버렸다고 말했지만 난 너를 잃었다고 생각해. 첫 장에 적힌 글이었다. 다음 장에도 그다음 장에도 똑같은 말이 휘갈겨져 있었다. 균열이 간 자존심으로 읽힐 수도 있지만, 윤은 떨치지 못한 미련으로 읽었다. 아니나 다를까 어떤 페이지에는 그 말의 앞뒤로 남자 이름이 달려 있었다. 느낌표나 별표 심지어 큐피드의 화살이 하트 문양에 꽂힌 그림도 있었다. 어떤 화살은 두 도막으로 부러져 있었다. 시詩 비슷한 글도 많았다. 감식안이 시원찮은 윤이 보기에도 표현이 예사롭지 않았다. 어떤 글은 햇녹차를 마시고 난 뒤처럼 여운이 길었다. 윤은 스팀세척기 옆에 있는 의자를 들고 밖으로 나갔다. 의자에 앉아 버려지는 것과 잃는 것의 차이가 뭔지 생각해 보았다. 둘 다 자신의 의지와는 무관한 것이다. 하지만 잃는다는 말에는 되찾을 수 있다는 여지가 있다. 어딘가에 있을 잃은 것. 다시 찾을 수도 있는 그것과 연결된 보이지 않는 끈. 여자가 생을 마감한 건 그 끈이 영영 끊어졌다는 자각 때문이었으리라. 그밖에도 음미할 만한 글이 꽤 많았다. 윤은 숨을 깊이 들이마셨다. 살아 있었다면 좋은 작가가 될 수도 있지 않았을까. 좋은 글을 쓸 재능을 이런 데 소모했다는 게 안타까웠다. 어쩌면 모던한 시구절이 될 수도 있었던, 핍진감 있는 소설의 한 대목이 될 수도 있었던 글이 종내는 씁쓸한 유서가 되고 말았다. 윤은 이내 고개를 흔들었다. 이제 와 그게 다 무슨 소용인가. 윤은 다시 안으로 들어가 연막분무기의 스위치를 눌렀다.

노트 아홉 권이 앉은뱅이책상 위에 놓여 있었다. 그냥 폐기물 자루에 담으려다가 두어 쪽 읽어 보곤 마음을 바꿨다. 고인과 국문과를 나온 그 여자. 죽음의 양상은 다르지만, 글을 남겼다는 공통점이 있었다. 표지의 제목이 특이했다. 「성주댁 이야기」 첫 장을 넘기자 괴발개발 흘리듯 써 내려간 글씨가 빼곡했다. 이런저런 잡문이나 격언 혹은 시구절을 베껴 쓴 부분과 본인의 이야기를 기술한 부분으로 대별되었다. 필사筆寫와 작문作文을 병행한 노트였다. 소월의 시 몇 줄을 읽고 난 윤은 작문 영역으로 눈길을 돌렸다. 단 한 줄만 쓴 글도 있고 서너 줄 혹은 두어 단락, 제법 호흡을 길게 가져간 글도 있었다. 노트엔 번호가 매겨져 있었다. 마지막 노트에는 수신인이 김영숙 선생님으로 표기된 편지가 끼워져 있었다. 윤은 노트 전부를 귀중품 상자에 담았다. 현금이나 통장, 귀금속, 증빙서류, 도장, 사진, 편지 등 주요 유품은 따로 챙겨 두었다가 유족에게 전하는 게 상례였다. 전화로 수령 여부를 묻자 의뢰인은 잠시 뜸을 들이더니 버리든지 태우든지 마음대로 하라고 했다. 네? 하고 윤이 의아해하자 통장은 더 이상 쓸데가 없고 앨범의 사진들은 이미 디지털 사진첩에 옮겨 두었다고 부언했다. 윤은 노트에 대해 간략히 설명했다. 어르신이 작문 공부를 하신 모양이라고, 소소한 일들을 글로 옮겼는데 어르신을 이해하는데 도움이 될 거라고 했다.

"어머니에 대해선 누구보다 제가 잘 압니다. 전화로 들은 것만 해도…… 아무튼 빤한 일상이죠. 그리고 이제 와서 그것을 안다고 한들……."

"전혀 생각지도 못했던 일들도 있지 않겠……."

윤은 입을 다물었다. 미처 말을 맺기도 전에 의뢰인이 그것도 같이 처분해 달라는 말을 하곤 전화를 끊었던 것이다. 집에 돌아온 윤은 샤워만 하곤 곧장 소파에 누워 노트를 넘기기 시작했다. 문장이 난삽한 데다 철자가 틀린 것도 부지기수였다. 난수표를 해독하는 기분이었다. 순서를 무시하고 대충 넘기다 손을 멈추었다.

고샅길 초입에 붉은 접시꽃 하나 피어 있다. 무리에 섭슬리지 않고 외따로 서 있는 모습에 왠지 마음이 짠했다. 갑자기 기침이 났다. 성주 댁은 선 자리에서 받은기침을 하곤 천천히 다가가 접시꽃을 들여다보았다. 벌 한 마리가 몸을 구부려 꿀을 따고 있었다. 별다른 장식 없이 둥글넓적한 꽃판을 벌린 모습이 가져갈 게 있으면 다 가져가라는 촌 아낙의 손바닥 같다. 김 교감은 집을 짓기 위해서는 좋은 자재가 필요하고 좋은 글을 짓기 위해서는 좋은 소재가 필요하다고 했다. 언제 기회가 되면 접시꽃이 들어간 글을 지어 봐야겠다고 생각하며 성주 댁은 다시 걸음을 옮겼다. 작문을 공부한 지 햇수로 삼 년이 되었다. 처음엔 무슨 거멀쇠나 날짐승의 발자국 같았던 자모음이 자꾸 써 버릇하니까 오래된 골무를 끼듯 편안해졌다. 김 교감은 기본적인 어법과 문장구조를 익힌 성주 댁에게 글쓰기를 권했다. 소일거리도 되고 치매 예방까지 되니 일석이조가 아니겠느냐고 했다. 그렇더라도 내가 무슨 생각이 있어서 글을 짓겠느냐고 성주 댁이 손사래를 치자 김 교감은 사람 좋게 웃으며 마당 구석의 살구나무를 가리켰다.

"선생님, 모르세요? 저기 살구나무에 앉아 있는 박새에게도 생각이 있어요. 설마 선생님이 박새보다 못하다는 말은 아니겠지요?"

그렇게 해서 시작한 글쓰기였다. 김 교감의 얼굴이 떠오르자, 성주 댁은 고개를 끄덕이다가 이내 도리질했다. 처음엔 그렇지 않았다. 박새 얘기가 나올 때만 해도 그저 해낙낙한 심경이었다. 암만, 박새보다야 낫지. 자존감을 높여 준 것도 좋거니와 자기보다 네댓 살 어린 촌 무지렁이를 공대하는 그 마음성이 더없이 미쁘고 고마웠다. 시간이 흐르면서 어느 정도 자연스러워졌지만, 처음엔 잘못 들었나 싶어 김 교감의 얼굴을 한참 쳐다보았다. 김 교감은 공부하러 온 모든 이들에게 선생님이란 호칭을 붙였다. 일자무식한 사람한테 선생님이라니요. 누군가가 어깃장을 놓자 그이는 싱긋 웃으며 손사래를 쳤다.

"여기 계신 분들은 대부분 저보다 연배가 높거나 경험이 많아요. 아이들 가르친 이력밖에 없는 제겐 당연히 선생님들이죠."

교직에서 물러난 뒤 고향에서 작문 교실을 연 김 교감은 처음 교단에 선 것처럼 설렌다고 했다. 아닌 게 아니라 김 교감은 발령받은 지 얼마 안 된 새내기 교사처럼 매사에 열정적이었다. 행정복지센터 2층에 자리 잡은 작문 교실은 회원들의 사랑방으로도 제격이었다. 오며 가며 들르는 회원들로 늘 복닥거렸다. 교육과정은 단순했다. 읽기와 작문을 위주로 하되 한글을 깨치지 못한 이들을 위해 기초이론 교육도 병행했다. 박식하고 언변이 좋은 데다 대갓집 마나님의 풍모를 지닌 김 교감을 성주 댁은 한편으론 존경하고 한편으론 질시했다. 푼푼한 눈빛으로 조곤조곤 설명하는 모습을 볼라치면 까닭없이 목젖이 간질거리고 밭고랑에서 호미질하는 자신의 모습이 떠오르곤 했다. 참나무와 덤불쑥만

큼이나 대조적인 모습. 젊은 시절 나도 공부를 했더라면 저런 틀
거지를 가졌을라나. 한숨을 내쉬는 사이 영감의 얼굴이 불쑥 떠
오르기도 했다. 막내를 앞세운 뒤부터 영감은 조그만 일에도 역
정을 내더니 급기야 전에 안 하던 행동을 했다. 하기야 그마저도
다 옛일이 되었다.

　다시 기침이 났다. 머리도 어질한 게 아무래도 무리했던 모양
이라고 성주 댁은 스스로를 탓했다. 며칠간 집 안 청소로 정신이
없었다. 영감에게 누추한 모습을 보이지 말자고 시작했던 일이
영감을 위로하는 방편으로 격상되었다. 원망했던 마음은 다 어디
로 갔는지. 스스로 생각해도 의아했다. 성주 댁은 손수건으로 입
을 닦으며 감기약이 남아 있는지 생각해 보았다. 콧물감기 기침
감기 종합감기 따위의 약봉지가 플라스틱 통에 느런히 담겨 있
다. 모두 큰아들이 사 놓고 간 것들이다. 약보다는 생강 달여 먹
고 한숨 자는 게 나을라나. 성주 댁은 중얼거리며 걸음을 재촉했
다. 비 온 뒤라 그런지 담장 아래 여기저기 잡풀이 돋아나 있었
다. 마당에 들어서기 무섭게 쩌루가 꼬리를 흔들며 낑낑거렸다.
누군가 버리고 간 개였다. 필시 발바닥에 흙 한 점 묻히지 않고
자랐을 개는 한쪽 다리를 못 썼다. 절룩거리며 여기저기 헤매다
가 여기까지 흘러온 걸 성주 댁이 거두었다. 저녁나절 밥 냄새를
맡고 대문간을 기웃거리는 개를 본 순간 성주 댁은 거짓말처럼
막내를 떠올렸다. "안 들어오고 뭐하노." 막내에게 하던 식으로

말했다. 개 이름도 지었다. 다리를 전다고 쩔룩이로 불렀다가 어느 날부터 쩌루로 부르기 시작했다. 개의 품종이 푸들이라는 것도 마을 이장이 말해서 알았다. 개의 목줄을 풀고 성주댁은 쪽마루에 가 앉았다. 무연히 감나무를 바라보다 쩌루에게 물을 주고 자신도 마셨다. 목이 말랐던지 쩌루는 대접의 물을 날름날름 잘도 마셨다. "쩌루야, 물이 달제?" 성주 댁이 쩌루의 목덜미를 어루만졌다. 쩌루가 고개를 들어 성주 댁의 손등을 핥았다. 쩌루의 머리를 매만지던 성주 댁은 대청마루 벽에 걸린 액자를 보았다. 빛바랜 가족사진이 여러 장 들어 있었다. 막내아들과 영감 사이를 오가던 성주 댁의 시선은 영감에게 고정되었다. 마을 정자나무 아래 평상에서 막걸릿잔을 들고 있는 모습이었다. 금방이라도 김치보시기 내 오라고 소리칠 것만 같다. 큰아들 말로는 열흘 후면 병원에서 퇴원해 온다고 했다. 큰아들은 심리적 안정 운운했지만 그게 마지막 숨 고를 시간이란 걸 성주 댁은 직감했다. 그새를 못 참고 쩌루가 성주 댁의 무릎에 두 발을 걸치고 할딱거렸다. 뭔가 씹을 만한 걸 달라는 신호였다. 알았다 알았어. 한 손으로 쩌루의 머리를 토닥였다. 성주 댁은 기침이 나오는 입을 막으며 한 번 더 사진을 봤다. 이봐 여편네, 하고 부르는 소리가 들리는 것 같았다. 성주 댁보다 열 살이나 많은 영감은 누가 있건 없건 노상 여편네, 여편네 했다. 성주 댁은 사진을 향해 시퉁스레 한마디 던졌다. 난 이복래요! 그러고 나서 입을 비쭉거리던 성주 댁은

158

슬며시 고개를 돌리며 토를 달았다. 여편네도 맞지만써도. 그 말에 응답하듯 김 교감의 목소리가 귓등을 넘어왔다. 이 선생님, 바로 그거예요. 아주 잘하셨어요. 이름을 지키는 건 자신을 지키는 거예요. 김 교감이 정말로 와 있기라도 한 것처럼 성주 댁은 두리번거렸다.

수업을 끝내고 김 교감은 언제나처럼 설교를 늘어놓았다.

"하물며 하찮은 돌멩이에게도 이름이 있습니다. 이름은 자신의 모든 것을 드러내는 표지입니다. 자신의 이름을 부끄러워하거나 외면해선 안 됩니다. 특히 나이든 여성들 말이에요. 선산 댁도 좋고 고성 댁도 좋지만, 항시 자신의 고유한 이름을 지켜야 합니다. 자신의 이름을 가리는 게 있다면 과감히 벗겨내야 합니다. 이렇게 말이죠. 아시겠어요?"

김 교감은 왈칵 보자기를 벗기는 시늉을 해 보였다. 세 명의 수강생이 고개를 주억거렸다. 모두 머리가 허옇게 센 노인들이었다. 늘상 일고여덟은 되던 수강생이 그날은 고작 세 명, 근래 들어 출석률이 가장 낮았다. 하긴 이마저도 기대치를 상회하는 숫자이긴 했다. 얼마 전 수강생 중에 코로나 확진자가 나왔다. 읍내에서 청과물 가게를 하는 장 씨였다. 작문 교실의 청일점인 장 씨는 이순을 넘기고 작심한 게 있었다. 작문 교실에 등록한 사유이기도 한 그것은 자서전 쓰기였다. 조실부모한 이래 혈혈단신으로 세파를 헤쳐온 장 씨는 죽기 전에 자신의 이야기를 책으로 남기는 게 꿈이었다. 장 씨는 유명한 철학 교수와 자수성가한 기업인이 대담하는 걸 TV로 본 적이 있었다. 인간은 자기 자신을 목표로 삼아야 합니다. 교수가 한 그 말이 뇌리에 각인되었다. 장 씨는 심신이 고단할 때면 그 말을 곱씹었다. 그것은 교수가 현대의 물신숭배 풍조와 그것에 바탕한 반인륜적 행태를 설명하다가 꺼낸 말이었다. 실존주의 철학의 이론을 차용해 설명하던 교수는 사회자가 보충설명을 요구하자 이런저런 예를 들었는데 요컨대 인간은 누구나 자기의 세계를 창조할 수 있으며 또한 그 세계의 주인으로서 책임과 의무를 다해야 한다는 것이었다. 장 씨는 주인, 하고 입속말로 되뇌었다. 그러니까 교수의 말에 따르면 자신은 더 이상 집주인의 눈치를 보면서 사는 존재가 아닌 말 그대로 자신이 세운 왕국의 주인, 아니 제왕이었다.

"장 선생님 같은 분의 이야기는 정말 알짜배기 이야기지요. 우리 세대의 신산한 행적을 거짓 없이 증언하는 이야기. 정말이지 기대가 큽니다."

김 교감은 격려의 말을 아끼지 않았다. 파급효과도 크리라 생각했다. 출판사를 하는 둘째 아들에게 일감을 줄 수 있다는 기대감 또한 숨길 수 없었다. 그렇긴 해도 별나게 기침을 해대던 장 씨와 협소한 공간에서 차를 마시지는 말았어야 했다. 작문 교실 회원 모두가 몸을 사렸다. 자발적으로 자가격리에 들어간 이도 있었다. 그런데 예상과는 달리 추가 확진자는 김 교감뿐이었다. 자가격리를 마치고 돌아온 김 교감은 2층으로 통하는 계단참에서 복지센터 직원과 마주쳤다. 노란 서류 바인더를 들고 내려오던 직원이 갑자기 걸음을 멈추고 김 교감을 불렀다. "이복래 씨요? 이복래 씨가 누구죠?" 최근에 이복래 씨를 본 적이 있느냐는 질문에 김 교감은 눈을 끔벅거리며 반문했다. 직원이 핸드폰을 켜곤 사진을 보여 주었다. 김 교감은 사진을 보고서야 성주댁, 그러니까 이 선생의 이름이 복래라는 걸 알았다. 그런데 굳이 핸드폰을 켜면서까지 얼굴을 확인시키는 저의가 수상쩍었다.

"아뇨, 작문 교실에 나오지 않은 지 좀 됐어요. 한 달도 더 됐지 아마. 근데 그분한테 무슨 일이 생겼나요?"

직원과 헤어져 2층으로 올라온 김 교감은 한동안 자리에서 일어나지 못했다. 성주 댁이 죽었다는 사실은 물론 그녀의 이름조차 모르고 있었다는 게 놀라웠다. 「성주댁 이야기」 그녀가 제출한 노트의 제목이 생각났다. 일인칭 주인공 시점으로 쓰인 글 어디에도 노인의 이름이 나오는 대목은 없었다. 장 씨를 만나고 사나흘 지났을까, 병원에 가다가 성주 댁과 마주쳤다. "작문 교실에 왜 안 나오시는 거예요?" 김 교감은 그녀를 가까운 분식집으로 데려갔다. 그 와중에도 기침이 간헐적으로 터져 나왔다. 물만두 이인분을 시킨 뒤 곧바로 본론을 꺼냈다. 중인환시의 강의실에선 하기 어려운 얘기였다. "그걸 책으로 만들어 뭘할라

꼬⋯⋯." 이전과 같은 반응이었다. 그때 만두가 나왔다. "식기 전에 드세요." 김 교감은 마스크를 벗고 그릇을 당겼다. 뜨끈한 국물이 들어가자 코가 뚫리는 것 같았다. 그러다 느닷없이 재채기가 터져 나왔다. 김 교감은 얼른 손수건으로 입을 틀어막았다. 성주 댁이 마른세수하듯 두 손으로 얼굴을 닦아 내고 있었다.

"이를 어째!"

김 교감이 허둥거리며 손수건을 건넸다. 손사래를 치던 성주 댁이 마지못해 손수건을 받았다.

"어쨌거나 이 선생님은 전통적 가부장 사회에서의 전형적인 피해 여성이에요. 생각해 보세요. 이건 단순한 문제가 아니에요. 작게는 한 여성의 수난사이고 크게는 인권 억압의 예증입니다. 기록으로 남길 충분한 가치가 있어요. 그리고 그런 거창한 것들은 논외로 치더라도 보세요. 무엇보다 질곡의 세월을 감내하고 자식들을 훌륭히 키워내셨잖아요. 요즘 젊은이들에게 이 선생님이 살아온 생애는 분명 귀감이 될 거예요. 그러니까 이 선생님은 그 아이들에게 자신이 얼마나 복 받은 세대인지, 인권이 왜 소중한지를 각성시키는 산증인이 된다는 말이지요."

기침이 나오는 걸 간신히 참고 말을 쏟아냈다. 하지만 성주 댁의 반응은 여전히 미온적이었다. "속엣것을 털어놓는 게 좋아서 썼지만⋯⋯." 그 말만 하고는 쓰다 달다 말이 없었다. "자식들도 어머니가 어떤 고초를 겪었는지 알아야 하지 않겠어요?" 그 말에도 성주 댁은 한동안 물컵을 만지작거리더니 "강아지 밥 줄 때가 됐구먼요." 한마디를 던지곤 자리에서 일어났다. 기침이 심해져서 더 이상 잡을 수도 없었다. 성주 댁이 쓴 이야기는 거개가 남편의 억압적 행태에 관한 것들이었다. 술상을 엎어버렸다는 둥 재떨이를 던져버렸다는 둥 다소 민망한 일화를 대할 때면 이혼한 남편이 떠올랐다. 아무리 합당한 말을 해도 교사티 내느냐고 눈을 부라리던 위인이었다. 김 교감에게 성주 댁의 글은 단순한 과제물 이상의 의미로 다가왔다. 그런데 엇박자는 이럴 때 쓰라고 있는 말인지 김 교감이 출간을 언급하고부터 성주댁은 더 이상 글을 제출하지 않았다. 그 이야기를 세상 사람들이 읽는다고요? 어쩌다 김 교감이 운을 떼면 그녀는 뜨악한 표정으로 되물었다. "필명으로 출간하는 방법도 있어요." 김 교감의 설득에도 그녀는 마음을 돌리지 않았다. 그럴수록 더 움츠러들었다. 공벌레 같았다. 띄엄띄엄 작문 교실을 찾던 성주 댁은 어느 날부턴가 발걸음을 끊었다. 김 교감은 고개를 숙인 채 길게 숨을 내쉬었다.

"혹시 김영숙 씨 아닌가요?"

오랜만에 듣는 이름이었다. 김영숙. 교감이란 호칭이 빠진 이름 석 자를 듣자 괜스레 언짢았다. 누구세요? 김 교감은 쌀쌀맞게 물었다. 굵직한 저음의 사내였다. 사내는 대뜸 이복래 씨의 죽음을 아느냐고 물었고 김 교감이 알고 있다고 하자 그분이 남긴 편지가 있는데 받으시겠느냐고 했다. 편지? 누구한테 쓴 편지요? 김 교감이 반문하자 사내는 잠시 호흡을 고르더니 물론 김영숙 씨한테 쓴 편지라고 했다. 김 교감의 입에서 요령부득한 말이 쏟아져 나왔다.

"안 만났다니까요. 글쎄, 그 양반과 난 편지를 주고받을 사이가 아니에요. 내 이름을 들먹이는 이유가 뭐예요? 굳이 편진가 뭔가를 전하려는 의도가 뭐냐 말이에요?"

사내는 당황한 기색이었다. 아, 네, 그게⋯⋯ 머뭇거리더니 조심스레 입을 뗐다.

"의도랄 건 없습니다. 그냥⋯⋯ 이것도 일종의 흔적이 아닐까 싶어서 말이죠. 그냥 지우기엔 뭔한."

순간, 새된 목소리가 울렸다. 흔적이라니, 무슨 흔적? 사내는 더듬거리면서도 할 말은 했다.

"제가 용어를 잘못 선택했나 보군요. 죄송합니다. 마음을 드러내는 방식에 대해 얘기한다는 게 그만⋯⋯."

김 교감은 숨을 죽였다. 마음을 드러내는 방식이라니⋯⋯ 이 작자는 대체 뭘 말하려는 거야. 사내의 말이 이어졌다.

"그러니까 시간이 지나면 숨겼던 마음이랄까 감정의 결이 온전히 드러난다는 말이죠. 단청이 퇴색하면 목재木材의 특질이 드러나는 것처럼."

드러난다. 그 말이 뇌리에 닿는 순간, 김 교감의 눈앞으로 손수건이 너울거렸다. 별생각 없이 성주 댁에게 건넸던, 자신의 입을 틀어막았던 그 손수건.

　마루와 화장실에 소독제를 한 번 더 살포하고 마무리했다. 고인이 썼던 것들과 비슷한 물건들로 채워진 방은 부족하나마 이전의 모습에 가까워진 듯했다. 전송된 사진을 본 의뢰인은 그만하면 됐네요. 수고하셨습니다. 그 말만 하곤 곧바로 잔액을 송금했다.

　윤은 가방 밖으로 삐죽 나온 노트 뭉치를 꺼냈다. 어디서 태울지 봐둔 데가 있다. 밖으로 나가기 전 한 번 더 방안을 살폈다. 방금 주인이 마실 나간 듯 구겨진 차렵이불이 천연스레 펼쳐져 있었다. 이불에 떨어진 머리칼을 줍느라 분주한 어머니의 손가락이 어른거렸다. 결벽증이 있던 어머니. 아마도 그 결벽증이 어머니의 화증을 부추겼으리라. 어머니는 조그만 일로도 아버지에게 시비를 걸었다. 윤이 보기에 그건 긁어 부스럼을 만드는 행위였다. 윤이라고 나을 것도 없었다. 윤 역시 어머니의 타깃이 되기 일쑤였다. 구체적으로 말하자면 윤이 대학을 중퇴하고 사업을 하겠다고, 그것도 듣도 보도 못한 특수청소업이라는 분야에 뛰어들겠다고 선언한 뒤부터였을 것이다. 물질문명이 고도화되면서 폐기물의 양상도 달라졌다. 특단의 전략과 특출한 기술이 필요한 시대이다. 무엇보다 아직은 경쟁이 심하지 않은 분야이다. 대형화 첨단화할 경우 수요는 무궁무진하다. 윤이 그럴싸한 논리로 설득했지만, 어머니에게는 청소라는 말만 각인된 모양이었다. 기껏 대학 보냈더니 청소부가 되려고 하느냐며 어머니는 고개를 외로 틀었다. 주된 업무가 유품 정리와 소독이란 걸 알았다면 어머니는 기함했을지도 모른다. 너희 부자에게 진절머리 난다. 그즈음 어머니가 습관처럼 내뱉던 말이었다. 아버지의 병치레가 잦아지면서 화살이 윤에게 집중되었다. 그런데 거짓말처럼 어머니의 태도가 돌변했다. 아버지가 돌아가신 뒤부터다. 윤은 이해할 수 없었다. 평소 소원한 관계였다고 하더라도 명색이 남편이고 어쨌거나 40여 년을 해로한 부부이지 않은가. 자신을 하루아침에 과부로 만든 아들을 원망하기는커녕 가벼운 불평조차 하지 않는 걸 어떻게 받아들여야 할까. 그러나 윤은 이유를 묻지 않았다. 아니 그럴 여유가 없었다. 윤의 마음은 그즈음 감꽃이 떨어진 부위처럼 움푹 꺼져 있었다. 아버지를 태운 자동차의 방향을 되돌릴 수만 있다면. 윤은 시도 때도 없이 그 생각에 사로잡히곤 했다.

"진짜 속이 쓰린 사람은 여기 있는데 그게 뭐 대수라고……."

아버지를 태우고 병원에 가던 길이었다. 아버지는 며칠 전부터 속이 쓰리다고 했다. 만성 위축성위염이라는 병력을 생각하면 새삼스러울 것도 없었다. 어머니의 얼굴엔 짜증 기가 역력했다. 하긴 거동이 힘들어진 아버지를 수발하는 게 예삿일은 아니었다.

하나를 막으면 다른 하나가 터지는 식이었다. 특히나 대소변 처리는 전적으로 어머니의 소관이었다. 그렇긴 해도 아버지에 대한 어머니의 태도는 지나치다 싶을 정도로 거친 데가 있었다. 윤이 어릴 때만 하더라도 아버지의 말에 전혀 토를 달지 않던 어머니는 그즈음 아버지의 말이라면 숫제 땡중 염불 외는 소리로 치부했다. 심지어 면전에서 대놓고 윽박지르기까지 했다. 트렁크에 휠체어를 싣고 운전석에 앉은 윤은 시동을 걸기 전에 제안했다. 대학병원보다는 동네에서 가까운 S 병원이 좋지 않겠느냐고. 대기 환자가 워낙 많아 지금 가서 접수를 하면 진료를 받을 수 있을까 싶다. 그리고 대학병원보다야 못하지만 S 병원은 진료과가 12개나 되는 준종합병원이며 명망 있는 전문의도 꽤 많다. 윤의 설명을 들은 아버지는 어어, 하는 특유의 소리를 내며 고개를 주억거렸다. 너 좋을 대로 하라는 신호였다. 그런 행태 역시 부채의식에 기인한 것이었을지도 몰랐다. 감기만 걸려도 대학병원을 찾던 양반이 웬일이래. 어머니는 그 말을 내뱉곤 더는 말이 없었다.

담당의의 소견에 따라 아버지는 일주일 예정으로 입원했다. 위 때문이 아니라 흉부 촬영에서 발견된 폐렴 때문이었다. 다음날 아침 일찍 아버지는 내시경실로 옮겨졌다. 이번엔 위를 찍기 위해서였다. 그리고 아버지는 얼마 안 있어 혼수상태가 되어 나왔고 10여 분도 안 되어 사망 선고를 받았다. 연락을 받고 곧바로 기차를 탄 윤의 동생은 윤에게 전화로 마취제 문제일 거라고 했다. 뒤이어 명백한 의료사고라는 말을 덧붙였다. 동생의 시누이가 내과의라는 사실을 상기한 윤은 말없이 고개를 주억거렸다.

윤은 병원에서도 장례식장에서도 심지어 화장장에서도 어머니에게 사죄하지 않았다. 아니, 할 수 없었다. 사십구재가 끝나고 오랜만에 어머니와 마주 앉은 자리에서도 마찬가지였다. 윤은 사죄니 용서니 하는 말은 회복의 여지가 있을 때 하는 말이라는 걸 그때 알았다. 이제는 다시금 아버지를 차에 태울 수도, 아버지의 단골 병원을 향해 가속 페달을 밟을 수도 없었다.

"오빠 후회 안 해?"

역 대합실에서 테이크아웃한 커피를 마셨다. 그간 어머니의 시중을 드느라 고생한 동생은 다크서클이 내려와 있었다.

"후회는 무슨. 화장이 대세라는 거, 너도 알잖니?"

"화장한 걸 두고 하는 말이 아니라…… 경찰서……."

아, 윤은 그제야 고개를 끄덕였다. 물론이지, 그런다고 달라질 건 없잖아. 윤의 말에 동생도 고개를 끄덕였다. 경찰서에 신고하지 않은 걸 후회하지 않느냐는 말이었다. 신고하고 부검하고 의료사고란 걸 밝히는 그 과정이 부질없어 보였다. 웬일로 윤의 어머니 역시 그 문제에 대해 이의를 제기하지 않았다. 그러니까 그게 문제가 아니라 어머니의 경우 아버지에 관한 한 아예 언급조차 하지 않는다는 게 문제였다. 어쩌다 동생이 아버지 얘기를 꺼

168

낼라치면 딴전을 피우거나 슬그머니 자리를 피하곤 했다. 요리사에게 가장 엄혹한 질책은 그가 만든 음식에 손도 대지 않는 것이다. 윤에게 어머니의 행동은 그런 맥락으로 이해되었다. 그게 큰소리로 꾸짖는 것보다 더 아픈 걸 보면 어머니의 전략은 주효한 셈이라고 윤은 생각했다. 윤은 한동안 엘리베이터를 타지 못했다. 그날 아버지를 태운 이동식 침대가 소생실로 가기 위해 엘리베이터에 들어갔을 때였다. 왜 그랬을까, 윤은 아버지의 얼굴을 보지 않고 위쪽 구석진 곳에 눈길을 주고 있었다. 어느 순간, 공에서 바람 빠지는 듯한 소리가 들렸다. 아버지의 마지막 호흡이었을지도 몰랐다. 윤은 그 순간에도 고개를 돌리지 않았다. 윤은 무서웠다. 너무 무서워서 땡 소리와 함께 엘리베이터 문이 열리고 이동식 침대가 밖으로 나가는 걸 알면서도 발이 떨어지지 않았다. 장례를 치르고 한동안 엘리베이터 앞에만 서면 다리가 후들거렸다. 지금도 윤은 엘리베이터를 타면 구석진 곳만 바라보았다. 그 바람에 목적지를 지나치는 경우도 허다했다.

"아버지가 한 말이 생각나."

플랫폼에서 기차를 기다리던 동생은 역사驛舍 너머의 낡은 건물을 보고 있었다. 2년 전에 증축을 해 면모를 일신한 역사와 달리 그 건물은 여전히 꾀죄죄한 몰골이었다. 동생의 시선이 가 있는 곳, 건물 꼭대기 층에 매달려 있는 돌출간판 하나. 간판의 불은 반나마 꺼진 상태였다. 그나마 남은 글자도 동 아 주 유럽 행,

이빨이 빠진 것처럼 듬성듬성해 자세히 보지 않으면 무슨 뜻인지 알 수 없었다. 간판을 철거하지 않았다는 건 새로운 업체가 입점하지 않았다는 뜻이다. 동남아 미주 유럽 여행, 한때 번성했던 여행사의 이름을 더듬던 윤이 고개를 돌렸다.

"어, 아버지가 한 말? 무슨 말?"

동생은 손으로 머리를 쓸어넘겼다. "마음은 집과 같다는 말." 동생은 그러면서 윤 쪽으로 고개를 돌렸다. 마음은 집과 같다? 맞아, 아버지는 목수였지. 아버지는 대목장大木匠을 따라다니며 사찰이나 전통가옥의 창호나 벽장 같은 목조 기물을 만드는 소목小木이었다. 윤이 고개를 끄덕였다.

"아버지가 그러셨어. 시간이 지나면 마음 역시 집처럼 낡아간다고. 하지만 낡아갈수록 정감을 불러일으키는 게 집이라는 말도 하셨지. 그땐 그저 그러려니 했는데 아버지가 간직해 온 사진을 보니 그 의미가 예사롭지 않데."

"너도 그 사진, 봤구나."

"보지 그럼. 엄마가 선보인 퍼포먼스였는데."

윤은 기차가 들어오는 소리를 들었다. 동생에게 가방을 건네는데 동생이 덤덤한 표정으로 말했다.

"그런 생각이 들었어. 그 사진 속 아버지의 첫사랑이었다는 여자 말야. 세상에서 가장 근사한 집 한 채를 가졌지 뭐야. 아무리 세월이 흘러도 퇴색하거나 허물어지지 않는."

170

사흘. 성주 댁은 가물거리는 눈길로 벽에 걸린 달력을 더듬었다. 사흘 후면 영감이 돌아올 터인데 내 몸이 왜 이런다냐. 쩌루에게 먹일 양으로 시장에서 얻어 온 뼈다귀를 손질하다 주저앉고 말았다. 늦가을이면 도지던 기관지천식이 좀 이르다 싶었는데 급기야 머리까지 지끈거렸다. 시장에서 김 교감을 만나고 온 뒤부터 그랬다. 버거운 사람을 만나서 스트레스를 받은 모양이라고 생각했다. 언젠가 큰아들은 스트레스는 만병의 근원이라고 했었다. 기침할 때마다 명치끝이 뜨끔거렸다. 성주 댁은 방에 들어가 벽에 기대어 앉았다. 성주 댁의 눈에 TV 위에 놓인 물건이 눈에 들어왔다. 놋재떨이였다. 성주 댁은 무릎걸음으로 그것을 가져와 마당으로 던졌다. 쩌루가 냉큼 달려가 그것을 발로 굴리며 껑충거렸다. 성주 댁은 문지방을 부여잡고 그런 쩌루를 물끄러미 봤다. 지금 생각하면 재떨이를 씻어 대령하는 것도 보통 일이 아니었다. 담배 연기를 마시며 바느질도 하고 연속극도 보았다. 그건 아무것도 아니었다. 견딜 수 없었던 건 영감의 폭언과 폭력이었다. 막내를 잃고 나서 영감의 주사酒邪는 날이 갈수록 심해졌다. 툭하면 소리를 지르고 재떨이를 던졌다. 영감이 병원에 가던 날 성주 댁은 춤이라도 추고 싶은 심경이었다. 오래전 일이건만 아직도 생생했다. 드럼인지 뭔지를 배우겠다고 음악학원 등록비를 요구하는 막내에게 영감은 돈 대신 작대기를 들었다. 농사지을 생각이 없으면 읍내에서 설비업을 하는 친구한테 말해둘 테

니 가서 일을 배우라는 영감의 말을 막내는 귓등으로도 안 들었
다. 막내는 건축공사장에서 막일을 해서 학원비를 벌었다. 그리
고 일 년이 되었을까, 막내는 비계에서 떨어져 한쪽 다리를 영영
못 쓰게 되었다. 퇴원한 막내는 술로 시간을 보내다 스스로 목숨
을 끊었다. 그때부터였을 것이다. 성주 댁은 술 심부름도 하지 않
고 재떨이 요구도 거부했다. 고래고래 욕설을 퍼붓던 영감은 급
기야 손찌검까지 했다. 중풍으로 쓰러진 영감을 큰아들이 요양병
원에 입원시켰다. "재활 프로그램이 좋았나 봐요." 큰아들 말에
따르면 영감은 이제 술도 마시지 않고 폭언도 하지 않는다. 다만
집 얘기를 하는 날이 많아졌다고 했다. 그게 언제였던가, 큰아들
이 전화로 말했다. 아버지를 인제 그만 집으로 모셔야겠다고.
　성주 댁은 거울에 비친 자신의 얼굴을 보았다. 두 눈이 때꾼했
다. 지금 같아선 스스로를 건사할 힘도 없었다. "불쌍한 양반!"
잔뜩 위축된 영감을 떠올리며 내뱉었다. 얼마 전 성주 댁은 도배
라도 해야 하지 않겠느냐는 큰아들의 말에 이대로가 좋겠다고 했
다. 좋은 시절을 함께한 집이 아니더냐, 막내와 마주 앉아 두런두
런 얘기꽃을 피우던 날의 방 풍경이 그립지 않겠느냐고 했다. 다
행히도 큰아들은 성주 댁의 말을 선선히 받아들였다. 그런데 내
몸이 이래 가지고 그 양반을……. 혀끝에서 맴돌던 말들이 꿀꺽
삼켜졌다.

기침을 하던 성주 댁의 입에서 바람 빠지는 듯한 소리가 새어 나왔다. 쩌루가 마루턱에 두 발을 얹고 낑낑거렸다. 눈앞이 가물거렸다. 성주 댁은 문턱에 걸쳐진 하얀 줄을 보았다. 성주 댁의 눈엔 빛이 줄로 보였다. 실꾸리에서 풀린 실처럼 빛은 길게 방문을 가로질러 벽에 가 닿았다. 성주 댁은 그게 연줄이기나 한 것처럼 빛의 가닥을 그러쥐고 힘껏 당겼다. 그리운 얼굴 하나 둥덩실 떠올랐다. 막내의 얼굴이었다. 아무리 세월이 흘러도 잊지 못하는 게 있느니. 성주 댁은 손을 버르적거렸다. 순간, 예리한 비수에 베인 듯 가슴 한켠으로 통증이 지나갔다. 갑자기 심사가 요동쳤다. 쩌루가 마루를 긁으며 짖었다. 쩌…… 루야, 성주 댁은 깊은숨을 내쉰 뒤 입속말을 내뱉었다. 영감이 오면 콱 물어버리거라. 성주 댁의 머리가 문턱 저쪽으로 푹 꺾였다.

창구 뒤쪽 벽에 보이스피싱의 사례와 대처 방안을 적은 현수막이 걸려 있었다. 김 교감은 전광판의 번호를 확인했다. 앞에 두 명이 더 있었다. 맞은편 창구의 여직원은 모니터에 시선을 붙박고 있었다. 농협 직원들은 너나없이 무료한 표정이었다. 다 쓴 통장을 들여다보던 김 교감은 깊은숨을 내쉬었다. 아니나 다를까 분식집에서 먹은 내역 또한 선명히 찍혀 있었다. 성주 댁의 얼굴이 떠올랐다. 성주 댁은 자리에서 일어서며 다 지난 얘기라고 눙쳤다. 다 지난 얘기? 그럼 나는 뭐야. 영화로웠던 순간을

생각하며 김 교감은 쓴웃음을 지었다. 의아한 표정을 짓던 복지
센터 직원의 모습이 갈마들었다. 그는 김 교감이 입을 열지 않는
한 분식집에서 있었던 일을 알 수 없을 터였다. 그보다는 자신
의 이름을 들먹이며 전화를 걸어 온 사내가 마음에 걸렸다. 성주
댁이 남겼다는 편지에 설마 그날의 일이 적혀 있진 않겠지. 혹여
그렇다손 치더라도 누가 그딴 일에 관심을 가지겠어. 그래도 편
지는 받겠다고 했어야 했나. 머리가 욱신거렸다. 자신을 가운데
두고 세 사람이 손가락질하는 듯한 느낌이었다. 이럴 때 누군가
손을 잡아 주면 좋으련만. 김 교감은 무섭고 외로웠다. 아들과
는 그때 일로 소원해진 터였다. 자서전 출간 건으로 전화를 걸어
온 아들에게 김 교감은 너는 이런 일이 아니면 통 전화를 안 하
더구나. 다짜고짜 역정을 냈다. 그러곤 출간은 없던 일이 되었으
니 그리 알아라. 퉁명스런 말로 아퀴를 지었다. 이후 지금껏 아
들에게선 전화가 없었다. 김영숙 씨 아닌가요? 사내의 목소리가
귓전에서 웅웅거렸다. 잠시 익명으로 살 수 있다면. 그런 터무니
없는 생각이 들었다. 그때 여직원이 일어서는 게 보였다. "38번
고객님 안 계세요? 38번 고객님!" 김 교감은 화들짝 놀라며 손
을 들었다. 다 쓴 통장을 확인한 여직원이 신분증을 요구했다.
네? 김 교감의 눈이 커졌다. "김영숙 씨 본인 아니세요?" 여직원
의 억양이 바뀌었다. "저는 김 교감…… 아, 아뇨, 아, 맞아요.
제 통장 맞아요." 여직원이 의아한 눈으로 바라보았다. "김영숙

씨 본인 맞으세요?" 여직원이 다시 물었다. "아, 그러니까……
그럼요, 제 이름이에요." 김 교감은 지갑에서 신분증을 꺼냈다.
여직원이 신분증의 사진과 김 교감을 번갈아 쳐다보았다. "이름
이…… 뭐 그리 중요하다고……." 그래놓고 김 교감은 자신도
모르게 아랫입술을 깨물었다.

아들을 그렇게 만든 영감이 미웠다. 그냥 미운 게 아니라 죽이
고 싶도록 미웠다. 하지만 영감도 아들을 위하는 마음에서 그랬
을 거로 생각하니 용서 못 할 것도 없다. 그런데 자고 나면 그 마
음이 변해 또다시 미운 마음이 들끓는다. 하지만 책을 내는 건 온
당치 못한 일이다. 미우나 고우나 애들 아버지인걸. 그리고 인권
억압의 뜻이 뭔지 잘은 모르지만, 우리 영감한테는 어울리지 않
는 말이다. 고인이 김영숙 선생이란 이에게 쓴 편지의 핵심내용
이었다. 윤은 병상에서 어머니가 곧잘 짓던 표정을 떠올렸다. 뭐
랄까, 빛의 각도에 따라 미묘하게 변하는 창호지 같은. 화장장에
서 화구로 들어가기 직전 관 위에 얹은 게 뭐냐고 물었을 때 어머
니의 표정은 물빛이었다. 저기 남도의 어느 항구도시에서 만난
사람이었다지 아마. 어머니는 남 얘기하듯 말했다. 관 위에 올린
건 여자 사진이었다.
　"그 긴 세월을, 나 몰래 그 사람을 품어 왔다 생각하니 분이 치
밀더구나."

어머니는 담담하게 술회했다. 그 자리에서 찢어버린 사진을 다음 날 쓰레기통에서 꺼내 풀로 붙였다. 아버지에겐 없앴다고 했지만, 어머니는 그걸 장롱 깊숙이 넣어 두었다고 했다.

"내가 왜 그랬는지, 나도 잘 몰라. 어쩌면…… 그런 맘이 어떤 건지 잘 알아서 그랬는지도."

어머니의 얼굴에 메마른 웃음이 번졌다. 얼마쯤 시간이 지났을까 어머니는 농담처럼 이런 말도 했다.

"그 양반이 나무로 된 문짝을 많이 만들었지. 그러게 뭣이냐, 문짝이란 게 통로를 내는 물건이란 말이지. 곰 같은 마누라의 지청구에 갑갑도 안 했겠나. 사진으로만 봐도 그 여자, 엇구수한 인상이 나하곤 많이 다르다 싶더구나. 그러니까 그 양반은 숨 쉴 통로를 만들었던 게지."

어머니의 죽음 역시 아버지처럼 급작스러웠다. 혈액암이었다. 가쁜 숨을 몰아쉬던 어머니가 윤의 손을 잡았다. 윤은 어머니의 입에 귀를 가져갔다. 전혀 생각지도 못한 말이 흘러나왔다. "죽으라고 했다. 차라리, 이래 사느니 죽는 게 낫겠다고." 그러니까 밤새 앓던 아버지를 새벽에 변기에 앉히려다 실패한 직후였다. 퍼질러 앉아 변을 지린 아버지에게 한 말이었다. "내가 그 말을 한 날 아침에 니 아버지가 돌아가셨다." 그간의 침묵과 회피가 설명되는 말이었다. 갑자기 속이 울렁거렸다. 윤도 그동안 억눌러 왔던 속엣말을 꺼낼 참이었다. 그건 아무것도 아니에요, 그러니까 사실은 그날 제가요. 어머니가 뒷말을 낚아챘다.

"내 업보인가 싶어 가슴을 쳤더니 지금은 잘했다 싶다."

어머니가 숨을 헐떡였다. 윤은 산소호흡기를 씌워 드렸다. 답답한지 어머니는 이내 그것을 벗겼다.

"내가 이 지경이 되고 보니 그렇게 간 게 후환도 없고 깨끗했지 뭐냐."

간호사가 와서 산소호흡기를 씌우기 전에 어머니는 한마디 더 했다.

"적어도 고통 없이 간 거라…… 가는 줄도 모르고……."

윤은 의뢰인의 뜻에 따라 마지막 남은 유품인 노트를 태웠다. 거기에서 나온 편지도 함께였다. 그것들은 순식간에 재가 되었다. 이전에 태운 편지가 생각났다. 생전에 어머니가 아버지에게 보낸 편지였다. 정확히 말하면 결혼하고 뒤늦게 군대를 간 아버지에게 보낸 편지였다. 어머니가 그걸 어떻게 회수하고 보관하게 되었는지 그건 중요하지 않았다. 지금도 기억나는 건 언제까지고 당신을 기다리겠다는 다소 낯간지러운 구절이었다. 그리고 그 구절에 붉은색 볼펜으로 그어진 밑줄. 하나 더 있었다. 그 밑줄을 동그라미로 감싼 것. 연필로 표시한 동그라미는 하나도 아니고 무려 세 개였다. 어머니가 연필을 애용한 분이란 건 윤도 알고 있었다. 그것은 어떤 마음을 채점한 또 하나의 마음처럼 보였다. 윤의 가슴으로 뭔가가 밀려왔다. "의료기록이 대학병원에 다 있는데……."

그날 병원으로 향하던 차 안에서 아버지는 혼잣말처럼 중얼거렸다. 어머니는 설핏 풋잠에 빠져 있었다. 아버지는 윤의 말에 동의한 듯 보였지만 내심 늘 가던 병원에 갔으면 했던 것이다. 그때라도 차를 돌렸다면 어땠을까. 윤은 수없이 되풀이했던 생각을 또 하고 있었다. 그 당시 윤은 아버지가 여전히 완고하다고 생각했다. 저러니 어머니가 역정을 낼 만하다고 단정 지었다. 그리고 또 뭐가 있었던가. 그래, 윤의 핸드폰에는 대학병원에서 카톡으로 보내온 당일 예약확인 문자가 저장되어 있었다. 3개월 전 정기검진 때 예약한 것이었고 전날 저녁에 이미 확인한 터였다. 그때까지도 풀리지 않은 숙취宿醉가 문제였다. 메슥거리는 속. 게다가 지끈거리는 머리는 갑작스런 일정변경을 정당화했다. 아버지의 병세는 굳이 대학병원을 고집할 필요가 없다고. 대학병원까지는 30분, S 병원은 10분이면 갈 수 있는데.

윤은 팻말에 새겨진 어머니의 이름을 쓰다듬었다. 잠시 고개를 들어 추모목追慕木을 바라보던 윤은 이윽고 주머니에서 어머니의 편지를 꺼내 불을 붙였다. 해묵은 정념 같은 불길이 화르르 일어나는 걸 보며 윤은 입술을 깨물었다. 어머니는 수목장으로 하되 아버지를 모신 곳에서 멀찍이 떨어진 곳에 묻어 달라고 했었다. "미안해서 말이지." 까라지는 음색과 달리 눈빛은 꼿꼿했다. 그 말을 끝낸 어머니는 잠시 눈을 희번덕이는가 싶더니 크게 한 번 요동치다가 숨을 거두었다. 멀찍이 떨어진 거리만큼의 미안함은 역설적으로 그만큼의 그리움이 아닐까. 그런 이유로 윤은 어머니의 골분을 아버지를 모신 곳에 묻었다. 어떤 장면 하나가 물때 맞춰 들어온 거룻배처럼 가슴 안쪽에서 둥싯거리고 있었다. 잠든 아버지의 엉덩이를 어머니가 어루만지며 울고 있었다. 민망해진 윤이 기척을 내자 황황히 눈가를 훔치고 수건을 개던 어머니. 다음날 어머니 대신 아버지를 모시고 병원에 간 윤은 거기서 아버지의 볼기에 찍힌 손자국을 보았다. 마치 여러 장의 깻잎을 겹쳐 놓은 듯한 모양새의 붉은 손자국. 그땐 무심히 지나쳤던 두 장면이 눈앞에서 명멸했다. 윤은 눈을 질끈 감았다가 떴다. 그리고 그 자리에 선 채로 재가 된 편지가 바람에 날려가는 걸 지켜보았다.

작품해설

그해 봄, 바이러스
─ 우리가 우리를 버리는 방식

─천영애 (시인)

이미 소설집 『전망대 혹은 세상의 끝』과 『꽁치가 숨 쉬는 방』
을 펴낸 소설가이자 시인인 심강우의 소설집 『우리가 우리를 버
리는 방식』에는 「우리가 우리를 버리는 방식」을 비롯한 5편의 단
편이 실려 있다. 그의 전작에서 펼쳐졌던 범상치 않은 사유와 발
랄한 상상력, 끝 모를 깊이로 파고드는 문장은 이번 소설집에서
더 단단하게 응결되었고, 사유는 더 많은 질문을 하게 만들었다.
소설이 소설을 버리는 시대, 소설이 서사를 버리고 문장만으로
소설이고자 할 때 심강우는 오히려 서사 속으로 더 깊이 빠져든
다. 이런 경향은 우리 시대의 소설에서 한켠으로 비켜나 있지만,
그것이 그를 더욱 돋보이게 하고 그의 글이 끈질긴 생명력을 유
지하는 힘일 것이다. 이야기를 잃어버리고 질문을 잊어버린 소설

은 얼마나 공허한가. 우리 시대의 소설이란 눈앞에 반짝이는 구슬처럼 감각에만 와 닿는 몇 줄의 문장과 여고생 취향의 이야기로 전락한 지 오래지만, 그는 여전히 소설이란 무엇인가? 라는 물음을 던지며 이야기꾼 소설가의 지위를 상실하지 않기 위해 고군분투하는 것이다. 한나 아렌트가 말했던 의미의 '순전한 무사유'가 지금의 소설계를 휩쓰는 동안 그는 아직 그 휩쓸림에 동참하지 않고 있어서 마음이 놓인다. '순전한 무사유'가 어찌 범죄자에게만 한정되는 말이겠는가.

그해 봄, 바이러스

그해 봄, 남쪽 지방에서는 사람에 의한 대량의 학살이 있었고, 그해 봄 또 다른 남쪽 지방에서는 바이러스에 의한 학살이 시작되었다. 사람에 의한 학살은 어둠에 묻혀서 마치 독가스처럼 조금씩 새어 나올 뿐이었지만 바이러스에 의한 학살은 바람보다도 더 빨리 다른 도시로 퍼졌다. 우리 시대가 봉인을 해제해 버린 판도라 상자 속에서 일어난 두 건의 학살은 역사에 깊은 상흔을 남겼다. 우리는 과연 무엇을 봉인 해제해 버린 것일까.

"애초에 판도라의 상자를 열지 말았어야 했소."라는 윤의 말에 관리자는 이렇게 말했다. "냉동 캡슐인가 뭔가 하는…… 구시대의 유물 말이오."(「우리가 우리를 버리는 방식」) 냉동 캡슐에 봉인된 바이러스 시대의 인간과 또 하나의 구시대의 유물, 국가

권력에 의한 학살은 과연 말 그대로 구시대의 유물일까.

소설「우리가 우리를 버리는 방식」은 국가권력에 의한 학살과 바이러스의 시대를 겪으면서 제목 그대로 우리가 우리를 버리는 방식을 다룬다. 판타지로 그려진 영화와 운동권으로 살던 형의 죽음이라는 현실, 주인공 윤이 군대에서 겪었던 추악한 사건, 군대에서 죽어가는 학생을 살리지 못한 상처를 안고 살아가면서 영화에 자본을 댄 임 대표가 겪었던 바이러스라는 괴물, 그런 현실과 판타지의 사이를 소설은 바쁘게 오가면서 시간과 공간의 경계, 현실과 비현실의 경계마저 허물지만 결국, 작가가 하고 싶어 하는 말은 하나다. 바이러스, "스스로 번식하지 못해 숙주세포의 조직을 이용한다고 했지. 자신의 세계를 파괴하는 존재에 협조하는 세포조직, 그러니 내 몸이 내 몸이 아닌 거야. (……) 그나저나 녀석을 쫓아내기 위해선 강력한 항체가 필요한데 문제는 녀석의 변신이 예측불허라는 것이다. 제복의 색깔이나 견장, 군모를 바꿔 침투한다는 말인데…… 그럴싸한 넥타이를 매지 말란 법도 없지 않나. 어쩌면 세상에 다시 없을 근사한 미소와 눈빛, 그리고 감언이설까지"라는 말처럼 인간 바이러스는 지금 우리 사회에서 '그럴싸한 넥타이'를 맨 채 여전히 활보할 것이다.

한나 아렌트는 그의 유명한 저서 『예루살렘의 아이히만』에서 이렇게 말했다. "자신의 개인적인 발전을 도모하는데 각별히 근면한 것을 제외하고는 그는 어떠한 동기도 갖고 있지 않았다. 그리고 이러한 근면성 자체는 결코 범죄적인 것이 아니다. 그는 상관을 죽여 그의 자리를 차지하려고 살인을 범하려 하지는 않았을 것이다. 이 문제를 흔히 하는 말로 하면 그는 단지 자기가 무엇을 하고 있는지 결코 깨닫지 못한 것이다." 그리고 그것을 "결코 어리석음과 동일한 것이 아닌 순전한 무사유(sheer thoughtlessness)"라고 지적했다. 그러한 순전한 무사유에, 그해 봄 학살에 가담한 사람들은 자신의 생존을 그럴싸하게 포장하기 위한 이기심까지 더해 지금까지 바이러스처럼 변신을 거듭하고 있다.

소설에는 "불온한 사상을 가진 자들은 병균이나 다름없습니다. 처음부터 일정한 거리를 두고 대해야 합니다."라는 텔레비전 토론회 패널의 말이 있다. 우리는 여기에 대해 다음과 같은 물음을 물어야 한다. '불온한 사상이란 무엇인가?' 부당한 국가권력에 저항하는 것을 불온한 사상이라고 말할 수 있는가.

소설 「우리가 우리를 버리는 방식」은 많은 질문을 던지게 한다. 2176년 냉동 캡슐에서 깨어나 여성이 되고 싶은 과거인 남성 조, 정의로운 사회를 꿈꾸었던 윤의 형, 군대에서 죽어가는 학생을 구경만 해야 했던 임 대표, 그들 중 누군가는 가지기 어려운 것을 너무 쉽게 가지고, 누군가는 영원히 가질 수 없었다. "바이러스에게 숙주의 몸은 거대한 우주와 같아요. 그 몸에 담긴 세포 하나하나는 신대륙과 다름이 없죠. 그리고 숙주는 침입이라 말하

지만, 바이러스는 개척이라 말해요"라는 문장처럼 누군가에게
침입인 것이 누군가에게는 개척이 되는 현실, 그리하여 소시민적
삶을 살아가는 우리는 다시 묻는다. 우리는 침입을 당했는가, 개
척을 당했는가. 당했다는 물음처럼 우리는 끝없이 위장한 바이러
스에 영원히 당하며 살지도 모른다.

이방인의 시간

누군가는 여기를 떠나고 누군가는 되돌아온다. 떠나는 사람과
돌아오는 사람의 질량은 다르겠지만 공간과 시간은 존재의 있음
으로 비로소 발생하는지도 모른다. "누군가는 살기 위해 세상을
헤매고 누군가는 즐기기 위해 세상을 주유"한다는 소설 「할렘의
시간」은 이방인들이 머무는 공간인 할렘의 이야기다. "건달프는
가끔 한국의 친구에게서 전화가 오면 응, 여기 뉴욕의 날씨는 괜
찮아라든지 맨해튼 날씨가 늘 그렇지 뭐, 하며 자신이 뉴요커임
을 강조했다. 다행히 아무도 구체적인 주소를 묻지 않았다. 그리
고 대부분 할렘이 뉴욕 카운티의 한 구역이라는 것조차 모르고
있었다."(「할렘의 시간」)는 것처럼 권달표라는 이름이 미스터 건
에서 건달프로 변한 한국인 건달프는 아내를 잃고 할렘에서 고물
상을 하고 있다. 그러다가 한국에서 전화가 오면 아주 괜찮은 뉴
요커처럼 전화를 받는 것이다. 건달프도 한때는 늘 단정한 정장
슈트를 입고 다니던 뉴요커였던 적이 있었다. 그러나 그도 어느

순간 좌초하고, 마치 시리아의 어린 소년인 에이란 쿠르디처럼 인생이 뒤집히는 바람에 할렘에서 살기 시작한 것이다.

이방인들 대부분의 삶이 그렇듯 떠도는 자들은 쉽게 자리를 잡지 못한다. 윤서의 남자친구인 호세도 그의 어머니가 그를 길 위에서 낳았다. 숙명처럼 길 위를 떠돌던 호세는 어머니의 유골을 뿌리던 브루클린교 위에서 고향을 그리워한다. "그러니까 여기가 내 고향이야. 다리 위, 내가 실속 없이, 밤낮으로 뛰어다닌 이유를 알 거 같아. 눈알이 핑핑 도는 속도의 와중에 갑자기 멈추면 어떤 일이 생겨? 크게 부서지거나 죽거나 하지 않겠어? 건달프 말대로라면 곱게 늙어갈 기회를 뺏기는 거지." 그러니까 브루클린교는 호세의 고향 푸에르토리코였던 것이다.

이방인, 떠도는 자들은 원천적으로 신분 상승이 불가능에 가까운 자들이다. 그들은 스스로를 그렇게 만들지 않은 불운한 희생자들이지만 그렇다고 해서 사회의 자비를 바랄 순 없다. 로널드 드워킨이 말한 '눈먼 운(Brute Luck)'이 언제나 그들 곁에 있기 때문이다. 사회는 이렇게 눈먼 운의 폭격을 맞은 사람에게 너그럽지 않을 뿐만 아니라 대부분 잔인한 운명의 허리케인을 던져준다.

호세의 꿈은 그리스의 레스보스섬에 있는 모리아 난민촌에서 봉사활동을 하는 것이다. 호세는 "이왕이면 망가지는 걸 막는 역할"을 맡고 싶다고 윤서에게 말하지만 사실 그는 '파괴된 것들,

파괴된 인생'을 보고 싶어 한다. 자신보다 더 불운한 삶을 사는 난민촌의 사람들에게서 위안을 받고 싶은 것이다. 타인의 불행은 나의 행복이라는 말은 적어도 이 소설에서만은 진실이다.

루시가 훔쳐 온 위성안테나를 다시 가져다 놓는 건달프가 끝끝내 버리고 싶어 하지 않았던 것은 그리움이었을까, 희망이었을까. 자신이 운영하는 고물상의 이름을 '타임 리본(Time Reborn) 으로 지었던 것은 그 이름처럼 시간을 다시 재생하고 싶어서였을 것이다. 그러나 과연 그 희망은 그에게 유효한 것일까. 희망은 있다고도 할 수 없고 없다고도 할 수 없다는 루쉰의 말이 타임 리본을 배경으로 살아가는 사람들에게 해 주고 싶은 말이지만 그 말처럼 허망한 말이 또 어디 있겠는가.

부적

유투브가 세상을 지배한다고 해도 과언이 아닌 시대다. 유투브라는 괴물은 마치 해결사처럼 도도하게 이 시대의 중심에 서 있다. 아이들의 장래 희망이 유투버가 되는 시대다. 유투브라는 가상의 공간을 떠도는 손에 잡히지 않는 것에 너무 많은 사람이 자신의 생을 소비하고 있다.

생산이 곧 미덕인 줄 알던 시대를 지나왔다. 생산이 없는 소비가 존재하리라고 생각하지 않았다. 잡히지 않는 실체인 유투브는 세상에 발을 단단히 디디지 못한 사람들이 부유하는 생을 붙잡고 싶어서 기대는 곳인지도 모른다. 무엇이 진짜이고 무엇이 가짜인지 그 경계가 흐리다.

장군 신을 모시는 어머니도 내림굿을 받긴 했지만 진짜로 장군 신이 내려온 것은 아니었다. 그것은 어머니의 곁을 지키는 화랭이 아저씨의 말에서 드러난다. "언제까지 무지한 사람들 등골을 빼먹으며 살 거야?" 그런 화랭이 아저씨의 물음에 "그들에겐 믿고 싶은 게 필요해. 그리고 나는 그런 믿음을 제공해 줄 뿐이야."(「검은 눈을 찌르다」)라는 어머니의 대답은 실체가 없는 유투브의 공간 안에서 무지한 사람들의 등골을 빼먹는 유투버와 중첩된다. 사람들은 자신이 믿고 싶은 것을 믿을 뿐이니까.

무지한 사람들의 등골을 빼먹는 일이라고 어디 쉽겠는가. 속아주는 사람이 스스로 찾아오지 않는다면 찾아 나서야 한다. YD '그'는 자신의 연인 은영과 함께 운영하던 유투브가 은영의 죽음으로 막을 내리면서 더 강하고 자극적인 것을 찾아 우크라이나의 전쟁터로 간다. 제대한 지 4년이나 지난 특전사 출신의 유투버일 뿐인 그가 전쟁이 벌어지고 있는 우크라이나로 간 것은 무지한 자들을 더 강하게 기망할 소재가 필요했기 때문이었다. 자극은 점점 더 강한 자극을 필요로 한다. 감각의 세계는 무뎌지기 마련이라서 작은 상처에서 비롯된 자극은 결국 살인까지 원하는 것이다. 그가 원한 것은 러시아 군인을 살해하는 것이었고, 그것으로 그는 잠깐 영웅이 되었다. 알고 보면 엽기적인 영웅, 은영의 말처럼 "비천한 것을 더 비천하게, 아니 더 비참"하게 만들어 버리는 것, 그것은 바로 힘을 가장한 자본에 굴복한 비천한 영웅이었다. 돈을 위해서라면 언제든지 "타인의 불행을 가공"할 수 있는 사람, 그는 자신도 모르게 그런 사람이 되어 가고 있었던 것이다.

부적의 검은 눈, 그것은 타인을 기망하고 타인의 불행을 가공하여 내 삶의 원천으로 삼는 대상이다. 처음부터 진실이란 존재하지 않았다.

밀도가 높은 단편소설을 읽는 것은 한 편의 장편소설을 읽는 것과 마찬가지다. 한 편의 서사가 촘촘하게 박혀 있는 심강우의 글을 읽으면서 어떤 것은 긴 장편으로 써도 좋겠다는 생각을 했다. 단편이 주는 특유의 긴장감에서 해방되어 느긋하게 등장인물들의 서사를 음미해 보고 싶어서다. 단편은 한 편의 장편과 같고, 한 편의 시와 같다. 시 같기도 하고 장편 같기도 한 심강우의 단편은 그래서 중독성이 있다.

"그리고 넌 구덩이로 휩쓸려 가는 어미 돼지를 새끼 돼지가 기를 쓰고 쫓아가던 이야기도 들려 주었지. 이산가족이 되는 거보단 낫지 않겠어?"(「나는 왜 목련꽃을 떠올렸을까」) 라는 생각으로 찾아간 어머니는 '나'가 어릴 적 자신이 두고 나간 아이라는 것을 알았는지 몰랐는지, 아마 알았을 것 같은 말투로 이렇게 말한다. "친딸이라도 그냥 두고 나왔을까 생각하면 지금도 고개를 저어요. 내가." 친딸이 아니라서 두고 나온 '나'를 친어머니인 줄 알고 찾아갔던 '나'는 비로소 완벽하게 버려진 자신을 확인한다. "어쩌면 나를 버틸 수 있게 만든 건 여자의 부재였는지도 모른다는", 그래서 '나'는 운명이라는 이름의 인생에 주어진 불행의 시발점을 확인한 것이다. 이파리가 하얗게 떨어지는 목련은 더러는 송이째 툭 떨어지기도 하는데 그렇게 떨어진 꽃을 보고 '나'는 비로소 온전한 나, 나무에 기대지 않고 독립적으로 존재할 수 있는 나를 보게 된다. '나'가 자꾸만 그 여자를 찾아가고 여자가 만드는 꽈배기를 사는 것은 그 여자로부터 '떠날 용기'를 가지기 위해서였음을 비로소 알게 되는 것이다.

사는 일은 어떨 때는 송이째 툭 떨어지는 목련꽃처럼 그렇게 툭 떨어져야 하는 일이 있다. 자꾸만 자잘한 꽃잎처럼 마음을 두다가는 상처만 더 깊어질 터, 자신이 그렇게 송이째 툭 떨어지는 목련꽃이 되어야 함을 '나'는 비로소 알았던 것이다.

그렇듯 일은 때와 상황에 따라 달리 보이고 달리 느껴진다. 진실이란 자주 보이는 것 너머, 보려 하지 않으면 보이지 않는 곳에 존재한다. 자서전을 쓰자는 김 교감의 제의를 받아들일 듯이 하던 어머니는 죽기 전에 교감에게 편지를 쓴다. "책을 내는 건 온당치 못한 일이다. 미우나 고우나 애들 아버지인 걸. 그리고 인권 억압의 뜻이 뭔지 잘은 모르지만, 우리 영감한테는 어울리지 않는 말이다."(「시점과 관점」) 그 시대를 살아온 여자에게 인권 억압이란 잣대를 들이댔을 때 해당되지 않는 여자가 얼마나 될까. 병원에서 아버지의 볼기짝에 찍힌 손자국, "여러 장의 깻잎을 겹쳐 놓은 듯한 모양새의 붉은 손자국"은 "어머니가 아버지의 엉덩이를 어루만지며 울고" 있던 그날 뒤에 본 장면이었다. "죽으라고 했다"는 뱉은 말의 무게 때문에 미안해서 아버지를 모신 곳에서 멀찍이 떨어진 곳에 묻어 달라고 하던 어머니, 발화된 말은 발화되지 못한 말과 함께 온전하고 보이는 것은 보이지 않는 것과 시각이 중첩될 때 온전한 형상을 갖는다. 드러나는 말과 행동과 형상은 또 다른 의미를 찾아 미끄러지고 산화하는데 그 다중의미를 지닌 것의 단편적인 형상만을 진실이라고 믿어 버리는 오독을 우리는 자주 저지르지 않는지 소설을 읽으면서 자주 돌이켜보고 멈추었다.

소설가이면서 시인이기도 한 심강우의 글은 언제나 깊고 무거우면서 무한한 상상의 세계로 뻗어간다. 그 한정 없는 상상력이 바닥 모를 깊이로 빠져드는 사유를 건져 올리고 여전히 우리는 대지를 디디고 사는 생명 있는 존재임을 일깨운다.

우리가 우리를 버리는 방식

초판 1쇄 인쇄일 • 2024년 6월 10일
초판 1쇄 발행일 • 2024년 6월 15일

지은이 • 심강우
펴낸이 • 임성규
펴낸곳 • 문이당

등록 • 1988. 11. 5. 제 1-832호
주소 • 서울특별시 강북구 미아동 126-1
전화 • 928-8741~3(영) 927-4990~2(편)
팩스 • 925-5406

ⓒ 심강우, 2024

전자우편 munidang88@naver.com

ISBN 978-89-7456-583-1 03810